ゴーストタウン　冥界のホームズ

著／柳 広司
原案／竹清 仁

角川文庫
22737

ゴーストタウン　冥界のホームズ　目次

第一章　ゴーストタウン　7
第二章　死者たちの推理学　21
第三章　ワトスンの事情　41
第四章　モリアーティ教授　59
第五章　「小惑星の力学」　79
第六章　再　会　100
第七章　メアリーの秘密　112

第八章　助手猫カトー　130
第九章　ホームズの逡巡　144
第十章　捜査開始　161
第十一章　最後の対決　177
第十二章　謎が明かされる　203
エピローグ　復　活　220
あとがき　228

スイスの新聞ジュールナル・ド・ジュネーブ紙は、英国人シャーロック・ホームズ氏がライヘンバッハの滝に於《お》いて行方不明になったことを伝えた。世界唯一の民間諮問探偵として知られるホームズ氏は、親しい友人とともにかの地を遊覧中であったという。

地元警察はホームズ氏が事故にあったとみて捜索している……。

（一八九一年五月七日付、ロイター通信）

第一章　ゴーストタウン

目覚めはひどいものであった。

猛烈な頭痛と目眩《めまい》、それに吐き気までした。私は朦朧《もうろう》とした意識のなかで、自分が昨夜いったいどれほど酒を飲んだのか思い出そうとしたが、無駄であった。自分がどこにいるのかも思い出せない。ただ〝犬のような〟という妙な言葉が頭に浮かんだだけだった。

聞き覚えのない、中年らしい女の声が聞こえた。

「まあ、それじゃ小間使いが犯人でしたの？　ブヒッ。わたくしはまた、てっきり……」

「床に落ちていた紐《ひも》の結び目、その他すべての証拠が彼女の犯行を示唆しています」

答えたのは我が友シャーロック・ホームズの声だ。私は何とか目を開けた。

太ったご婦人が依頼人用の椅子にすわり、パイプをくわえたホームズが背中をむけて立っていた。依然、目の焦点がうまく合わず、すべて二重に見えている。

「驚きましたわホームズさん、ブヒッ。話を聞いただけで謎を解いてくださるなんて。まるで魔法使いですわね」

「魔法？　いや、とんでもない。謎を解くために必要なのは推理と観察、ただそれだけですよ。今回はごく初歩的なものでした」

称賛の言葉に対して、ホームズはいつものようにそっけなく答えた。

「それでは、ウィッチントン夫人、あとがつかえていますので……ごきげんよう」

ぼやけた視界のなかで、ホームズがドアを開け、太った依頼人がおぼつかない足どりで出て行くのが見えた（なぜか、鎖を引きずるような音が聞こえた）。

「おや、ワトスン。気がついたようだね」

ホームズが私をふり返り、普段の調子で言った。ドアの外にむかって、「次の依頼人には少し待っていてもらいたまえ」と指示すると、几帳面《きちょうめん》な感じの若者の声が応《こた》えた。

「わかりました、ホームズ先生」

ドアを閉じて戻ってきたホームズはテーブルからバイオリンを取りあげ、私に背をむけて弾きはじめた。ホームズお得意の名無し《ノー・ネイム》のメロディーだ。

容赦のないバイオリンの音色に私は顔をしかめ、しかし、おかげでようやくぼやけていた視界がはっきりした。

部屋を見まわすと、マントルピースの木枠の真ん中に手紙の束が海軍ナイフで突き刺してあった。壁には弾痕《だんこん》でV・Rの文字（注　ヴィクトリア女王の頭文字《イニシャル》）。部屋の隅の机の上にはさまざまな化学実験道具が乱雑に置かれ、床にたくさんの書類が無造作に散らばっている。暖炉わきの石炭入れに葉巻が、壁にかかったペルシャ製の室内靴《スリッパ》には刻み煙草が入っているはずだ。

われらが古巣、懐かしきベーカー街二二一Bである。

「来てくれて助かったよ、ワトスン」ホームズはそう言うとバイオリンを置き、代わりにパイプをくわえて窓際に移動した。「もう少しで電報を打つところだ。『都合よければすぐ来られたし。都合悪くとも来られたし』。記録係がそばにいてくれないと張り合いがないからね」

「いったい何があった？　僕はなぜここにいるのだ」

私はすっかり混乱してたずねた後で、ふと妙なことに気づいた。

パイプをくわえて背をむけたホームズは、黒っぽい、丈の長いジャケットを羽織り、細い筋入りのズボンをはいていた。襟元には白いカラーが覗《のぞ》いている。見覚えのある普段の彼の恰好《かっこう》だ。だが、何かがおかしかった。

「……ホームズ？」

ホームズがふり返った瞬間、私は、あっと声をあげた。顔のあるべき場所に、髑髏《ドクロ》が見えた。私が知っている、頬の窪《くぼ》んだほっそりとした顔も、肉の薄い鷲鼻《わしばな》も、太くて黒い眉《まゆ》の下に鋭い知性の光をたたえた灰色の眼もない。ただ剝《む》き出しの髑髏がパイプをくわえているだけだ……。

次の瞬間、私はあることに思い当たり、ふきだしながらたずねた。

「何だい、その妙な変装は？　その恰好で、今度はどんな事件を調べているんだ？」

ホームズの巧みな変装術に、私はそれまで何度も驚かされてきた。ホームズは事件捜査の必要に応じて馬丁や船員、浮浪者、牧師、アヘン中毒者から老婆に至るまで、年齢や背恰好、性別さえ異なる者に変装し、かつどんな社会にも潜入することができた。たんに外見を変じるのみでなく、役割に応じて表情や態度、言葉遣い、ときには心まで変わってしまうのだ。〝ホームズが犯罪の研究家になったことで演劇界は有能な俳優を一人失った〟、そう考えるのは私一人ではないはずである。

ホームズはパイプを手に——その手も骨であった！——哀れむように首をふった。

「ちがうよワトスン、これは変装じゃない」

「変装じゃないって……。それじゃ、その恰好は……」

「鏡を見たまえ」

ホームズは、私の背後の壁にある鏡をパイプでさし示した。

私は苦労して寝椅子から上体を起こし（何だが自分の体が自分のものではない気がした）、言われたとおり背後の鏡を覗き見て、息を呑《の》んだ。

鏡の中には、私――医学博士ジョン・H・ワトスンの代わりに、一匹の黒い大きな犬が映っていた。驚いたことに、私が目を瞬《しばたた》くのに合わせて、鏡のなかの黒犬も同じように目を瞬いている。

髑髏の顔のホームズが鏡のなかで黒犬に歩みより、黒犬の肩に手を置いて言った。

「ようこそ、ワトスン。われらが死者の街《ゴーストタウン》へ」

「ゴースト、タウン？」私は肩に置かれた骨の手の感触を感じながら呟《つぶや》いた。「それじゃ、まさかぼくは……」

「そうとも、ワトスン。きみは死んだのだ」

私は鏡に映る髑髏と黒犬の姿を見つめた。目の前がぼうっと霞《かす》み、どうやらそのまま気絶してしまったらしい。気がつくと、髑髏のホームズが私を覗き込んでいた。

「気がついたね。いや、すまなかった。君がこうまで驚くとは思わなかったものだから……」

聞き慣れたホームズの声だ。ただし、いくら見ても髑髏の顔はそのままだ。

私はぶるりと一つ首をふって——それがまさに犬のふるまいであったことには後で気がついた——ホームズにたずねた。

「これは夢じゃないのか？」

そう言う声は、私が覚えている自分の声そのままだ。いったいどういう仕組みになっているのか、さっぱりわからない。

無言で首をふるホームズを見て、私は別の可能性に思いあたった。

「ははあ、さては新種の麻薬を試したな？　以前にも君は、未知の麻薬の効果を僕で試したことがあった。あのときも、目や耳がしばらく変な感じだった。これはすべて、君が手に入れた新種の麻薬が見せている幻なんだろう？」

「君が驚いたのも無理はない。実は、僕も驚いた」ホームズはそう言うと専用の肘掛《ひじか》け椅子に戻り、柄《え》の長いクレイパイプをくわえて気の毒そうにつづけた。「何しろライヘンバッハの滝に落ちて自分が死んだと思ったら、次にこの部屋で目が覚めたのだからね。さては夢だったのかと思って鏡を見たら、この姿だ」

ホームズは両手を広げ、自分の姿を示してみせた。

「僕も最初は混乱した。だが、すぐにこう思い直したんだ。〝何を慌てふためいているんだシャーロック・ホームズ。これこそまさに、長年自分が望んでいた姿じゃないか〟とね」

「長年望んでいた姿？　それが、かい？」

私はホームズの話しっぷりにすっかり巻き込まれてたずねた。彼の話を聞いているとなぜか、有り得べからざる不可解な情況がごく当たり前のことのように思えてくる。

「僕の本質は頭脳にある」ホームズは自分の頭を白い骨の指先でこつこつと叩《たた》いてみせた。「あとは、いわば付け足しのようなものだ。肉がなくなって、むしろせいせいしたくらいだよ。とはいえ、実際問題として手がなくちゃパイプが吸えない」ホームズはそう言いながらパイプを軽く掲げ、「足がなくちゃ捜査に歩き回れない」と今度は、すわったまま膝《ひざ》の曲げ伸ばしをしてみせた。

「つまりこれは、僕が長年思い描いていた理想の姿というわけだ。さて、ワトスン。この事実からきみは、このゴーストタウンについてどんな理論仮説を組み立てることができるかね？」

「いや、だって、ホームズ。理論仮説も何も……。僕にはまだ何がなんだか……」

「僕の考えは、このゴーストタウンでは生前自分をどう見ていたか、あるいは周囲の者たちからどう見られていたか——この二つは合わせ鏡みたいなもので結局は同じ姿を映すのだが——それによって姿が決まるのではないか、というものだ。目の前の事実と矛盾しない仮説は、いまのところこれしかない」

私は眉を寄せ、あることに気づいて声をあげた。

「ちょっと待て、ホームズ。その理屈じゃ、僕は生前、自分を犬だと思っていたことになる」

「君はつねづね、学生時代にはラグビーが得意で足も速かったと自慢していたじゃないか。足が速く、集団での狩りも得意。冒険や犯罪に鼻をつっこむ癖もある。となれば、犬の姿はまさにぴったりだと思うがね。ドクター・ワトスンならぬ、ドッグ・ワトスンというわけだ」

ホームズはそう言ってニヤニヤと笑っている。私は不満げな唸《うな》り声をあげた（あとから思えば、これにもまったく犬の特徴がよく出ていた）。

「ほかにも気づいたことがある」ホームズは軽く手をあげてつづけた。「たとえば、この街にいるのは全員、死ぬまぎわに何かしらの謎を心に抱いていた者だ。謎の大小はたぶん関係がない。そして、各人が心に抱いている謎がこの街での姿にも影響を及ぼしている」

「僕にはなんだか突拍子もない話に思えるがね」私は首をふって言った。「悪夢を見ているると考えた方が、よほど理屈に合っている」

「どれほどとっぴに思える仮説でも、他のあり得ない可能性をすべて除外していって最後に残ったものが真実なのだ」

ホームズはそう言いながら椅子から立ち上がり、窓を大きく開け放った。

「見たまえ！」

私は寝椅子から降りた（自分が犬の動きをしていることは、もはや不自然とも思わなかった）。ホームズの隣にならび、窓の縁に両前足をかけ、伸びあがるようにして表通りを眺めた。

そこには世にも奇怪な光景が広がっていた。

最初に私の目に飛び込んできたのは、頭に斧《おの》を打ち込まれた血まみれの男だった。医学的見地からすれば致命的な傷を負いながら、男は頭の斧を気にする様子もなく平気で立ち話をつづけている。話し相手は、全身にたくさんの金時計をぶらさげた小柄な老人だ。よく見れば、金時計は老人の体と一体化して鱗《うろこ》状に貼りついている。

彼らのすぐ横を、頭の上に大きな口がある女性と、前後に顔のある男が腕をくんで通り過ぎていった。燃えるような赤髪の男の頭は、実際に炎をあげて燃えていた。その他、狼男に蛇女、青白い顔に唇の端から血をしたたらせたドラキュラ、鳥や魚の顔をした者たち、両方の肩に小人を乗せた巨人、籠《かご》の中の小さな貴婦人、ドラゴンにスフィンクス。彼らをかきわけるようにして、首のない御者が操る二輪馬車《ハンサム》がガラガラと音を立てながら通りを走りまわっている……。

私はしばらくの間、目の前の光景がいったい何を意味するのか理解できなかった。悪夢のつづきか、さもなければわれらがベーカー街で突如、破天荒な仮装大会が行われることになったとしか思えなかった。

だが、何度目を瞬《しばたた》いても、目の前の光景は何一つ変わらなかった。私はついに、自分が目にしているのがありのままの現実なのだと認めざるを得なかった。

「地獄だ……」私は思わず呟いた。

「地獄？　そうでもないさ」ホームズは軽く肩をすくめ、いささか芝居がかった口調で私にたずねた。「教えてくれ、ワトスン。君が知っている現世でのシャーロック・ホームズは、謎や事件がないときは、いったいどんな様子だった？」

私は窓枠に手（足？）をかけたままホームズをふり返り、首をかしげた。

「そうだな？　事件や謎がないときの君は、昼夜を問わずバイオリンの練習に没頭して周りの迷惑を顧みない。あるいは試験管をがちゃつかせて、ひどい臭いのする化学実験を部屋ではじめる――大家のハドソン夫人から苦情を言われた回数は数え切れない」

「なるほど」とホームズは他人事《ひとごと》のように頷《うなず》き、「それから？」

「憂鬱《ゆううつ》性にとりつかれ、手に負えないほど不機嫌になる」

「なんと」

「自分の部屋に引きこもる。昼間も、ぶ厚いカーテンをおろしたままだ」

「おやおや、大変だ」

「不眠症。一晩中ソファーに座り込んでパイプ三昧《ざんまい》。部屋の中が煙でまっ白になっても気づかない。あとは……」

私は一瞬ためらったあとで事実を述べた。

「薬物だ」

ふふん、とホームズは鼻を鳴らし、パイプをくわえたまま先を促した。

「モルヒネに、コカイン――。外国からわざわざ取り寄せた、医者の僕が名前も知らない新奇の薬品を試して、妙なふうになったこともある。それに……アヘンも」

「いや、ワトスン。それは誤解だ」ホームズはパイプの煙を吐き出して言った。「アヘン窟《くつ》には行ったが、あれは捜査のためだ。僕はアヘンはやらない」

「だとしても、自慢にはならないさ。君は僕の診療鞄《かばん》から治療用の麻薬を盗んで飲んだこともある。どんな薬物をやっていても不思議じゃない」

私の指摘にホームズは無言で肩をすくめた。

「そう、謎や事件がないときの君は端的に言ってまったくひどいものだった。同居していたころは、何度荷物をまとめて出ていこうと思ったかわからない」

「おやおや、そいつは気がつかなかったな」ホームズはとぼけた口調で呟いた。「だが、ワトスン。もう心配はいらない。窓の下を覗《のぞ》いてみたまえ」

言われるまま、私は身を乗り出すようにして窓の下の表通りを覗き込んだ。

通りには、異形の者たちがずらりと列をなして並んでいた。列の先頭は、われらが二二一Bの一階の戸口までつづいている。

「彼らはみんな、僕に謎を解いてもらうために並んでいるんだ」

髑髏《ドクロ》のホームズは——不思議なことに、骨だけとなりながら、彼はやはりホームズその人であった——満足げな様子で窓から通りを見おろし、その虚《うつ》ろな黒い眼窩《がんか》を細めるようにして言った。「見たまえワトスン、彼らの——われらが依頼人たちの奇怪な姿を！　彼らが生前どんなふうに自分を見ていたのか、死ぬ瞬間にどんな謎を心に抱いたのか。彼らからどんな話が聞けるのか。考えただけでワクワクするじゃないか。

彼らは自分自身では謎を解くことはできない。僕が解いてやらなければ、彼らが抱えた謎は謎のままなのだ。地獄だって？　いや、ちがうねワトスン、とんでもない。この場所は、僕にとってはまさに天国だよ！」

ホームズのその言葉を待っていたかのように、部屋のドアがノックされた。

「どうぞ！」

開いたドアの隙間から、一匹のネコがひょいと顔を出した。しっぽの長い、銀色の毛並みが美しい牡《オス》ネコだ。目の周囲が仮面《マスク》をつけたような不思議な模様で縁どられている。

「ホームズ先生、そろそろよいですか？」

ネコが口をきいた。さっきドアの外から聞こえた、几帳面《きちょうめん》な感じの若者の声だ。

ホームズは軽く手をあげてネコに応《こた》え、窓際を離れて部屋の暖炉の前の肘掛《ひじか》け椅子に腰をおろした。依頼人の話を聞くときのお決まりの場所だ。

「詳しい話はあとだ」ホームズは小声で言った。「それじゃワトスン、準備はいいかい？」

私は慌てて窓際を離れ、机の前の定位置についた。条件反射。無意識の行動だ。いつものように記録用の手帳を広げ、ペンに手を伸ばして、そこで私ははたと困惑した。悲しいかな、犬の手ではペンがうまく使えない。辺りを見まわし、テーブルの上のタイプライターに目をとめた。両手（足？）でタイプライターを試して、私は思わず笑みを浮かべた。これなら何とかなりそうだ。

「よし、いいぞホームズ。準備万端だ」

いつものやり取りに、ホームズはちらりと笑みを浮かべた。顔の前で両手の指先をぴたりと合わせる。依頼人の話を聞くときの、いつもの姿勢だ。

真剣な顔つきになり、ドアにむかって独特の甲高い声を発した。

「次の依頼人《ネクスト》！」

第二章　死者たちの推理学

ドアから入ってきたのは身なりのよい初老の紳士であった。伝統的なツィードのテーラードスーツ、ダブルのチョッキの胸もとには灰色のネクタイと懐中時計の金鎖が覗いている。磨きあげた黒の革靴。半白の髪をきちんと背後になでつけ、腕にステッキをぶらさげている。典型的な英国紳士といっていい。

一点、変わったことがあるとすれば、シルクハットの代わりに自分の首を小脇に抱えていることくらいだ。

「ようこそサイモン卿《きょう》。それとも、ヴィクター・セント・サイモン伯爵とお呼びした方がよいですかな」

依頼人はドアから一歩部屋のなかに入ったところで動きをとめ、小脇に抱えた顔が訝《いぶか》しげに眉《まゆ》を寄せた。

「受付のネコには、別の名前を告げたはずだが？」

「偽名を名乗れば、それで別人になれるわけではありません。ほとんどの場合、身なりや装飾品が本人の言葉以上に当人の素性を明らかにします。たとえば、その指輪」

ホームズは椅子にすわったまま、依頼人が右手にはめている紋章つきの指輪を指さした。

「以前、紋章についての調査結果をまとめたことがありましてね。ワトスン、すまないが、例の索引《さくいん》をとってくれないか」

私は戸棚から「英国の紋章に関する一考察」なる冊子を取り出し、ホームズに渡した。ホームズは多年にわたってタバコの灰やイギリス国内で見られる泥や植生、地方特有の言葉や身なりの特徴など、さまざまな事柄に関する知識を書き留め、冊子に整理していた。紋章に関する考察もその中の一冊だ。

「どれ、見せたまえ。『盾型。グリフォンとアザミ、十字の組み合わせ』と……。さあ、ここに出ている。〝サイモン伯爵家紋章。領地、エセックス〟。匿名がご希望なら、紋章入りの指輪は外してくるべきでした」

「しかし、名前《ファースト・ネーム》は？」

ホームズは依頼人が腕からさげているステッキを指さした。「V・S・S」と金文字で彫ってある。

「〝現当主、ヴィクター・セント・サイモン伯爵〟。索引に、ちゃんと出ています」

ホームズは椅子に深く身を沈め、両手の指を顔の前で突き合わせた。

「どうぞお話しください。あなたが抱えている謎とは、いったいどんなものなのです？　興味深い謎だとよいのですが」

依頼人は降参した様子で肩をすくめた。勧められた椅子に腰をおろし、少し迷ったあと、サイドテーブルに自分の首を置いた。

サイモン卿（の首）が、うほんっ、とひとつ咳払《せきばら》いして口を開いた。

「謎もなにも、目が覚めたらいきなりこの姿になっていたのだ。なぜこんなことになったのか、私にはさっぱりわけがわからない」

「エセックス……」ホームズは目を閉じ、独り言のように呟《つぶや》いた。「あの辺りにはたしか、首なし領主の伝説が伝わっていましたね？　ワトスン、また索引を頼む」

私は棚から別の冊子を取り出してホームズに渡した。今度は英国各地に伝わるさまざまな伝説をまとめたものだ。ホームズはページを繰り、該当箇所を声にだして読みあげた。

「〝かつてエセックスには、若い娘をさらい、好き放題殺戮《さつりく》する悪魔のような領主が君臨していた。領主を恐れ、憎む領民らは、教会に助けを求めた。神は、領民らの必死の祈りを哀れに思い、『神の斧《おの》』で領主の首を刎《は》ねた。それからというもの、月のない夜には首なし領主の亡霊がさまよい歩くようになった。運悪く首なし領主に出会った者は、決して声をあげてはならない。もし悲鳴をあげて首なし領主に気づかれたなら、たちまち足下の地面が真っ二つに割れ、地獄に引きずり込まれてしまう〟……」

「くだらん。ばかげた伝説だ」サイモン卿の首が、吐き捨てるように言った。

「たしかに、ばかげた伝説です」ホームズは索引を閉じて言った。「しかし、あなた自身が気にしていらっしゃる――それが問題のポイントですよ。死の間際、あなたの頭にこの伝説が浮かんだ。だからこそ〝首なし領主〟の姿でゴーストタウンに転生したのです。私にわからないのはむしろ、エセックスに住んでいるあなたが、最期の瞬間、なぜロンドンにいたのか、その理由です」

「なぜ私がロンドンで死んだとわかるのだ？」

「統計学上の問題でしてね。ここに相談に来る依頼人はすべて、ロンドンで死んだ者たちだけです」

　サイモン卿はややためらう様子であったが、諦《あきら》めたように答えた。

「手紙が来たのだ。〝ロンドンのホテルで待っています〟と」

「差出人は？」

「……女だ」

「おびきだされたわけですな」ホームズはちらりと皮肉な笑みをうかべた。「それで、あなたの死後、遺産を相続する人物は？」

「第一相続人は、屋敷の離れに住んでいる母方の従兄弟《いとこ》だが……。彼の仕業だというのかね？」

「利益を得る者は誰か。犯罪捜査の第一歩です」

「しかし、相続といっても、私はいわゆる貧乏貴族でね。体面《たいめん》を保つために、先祖伝来の絵や美術品を切り売りしなければならない経済状態だった。あえて相続したいほどのものじゃない」

　ふむ、とホームズは顎《あご》に指をあてて、しばらく思案する様子であった。

「エセックスに関して、何か変わったニュースはなかったかい？」

　私は一瞬、それが自分にむけられた質問だとは気づかなかった——正直な話をすれば、慣れないタイプライターの操作に四苦八苦していて耳に入らなかったのだ。

「ワトスン！」

　ホームズの声に、私はハッと我にかえった。タイプを叩《たた》いていた手をとめ、顔をあげると、ホームズが皮肉な形に眉骨《まゆぼね》をあげてこちらを見ていた。私は首をすくめ、ホームズの質問に頭をひねった。

「エセックス？　そうだな。たしか、あの辺りで最近漂布土《ひょうふど》が見つかったという記事を新聞で読んだ覚えがある……」

「いいぞ、ワトスン。それだ！」

ホームズはパチンと指の骨を鳴らした。サイモン卿に向き直り、

「漂布土は毛織物の仕上げに用いられる貴重な素材で、英国国内ではほとんど産出されません。価値は金鉱にも匹敵します」

「その貴重な鉱脈が、私の領地に？」

「おそらく」とホームズは軽く頷《うなず》いた。「その事実を偶然知ったあなたの従兄弟は、伝説を利用してあなたを極悪領主に仕立てあげようと計画したのでしょう。なぜなら……」

「待てホームズ、ちょっと待ってくれ。もっとゆっくり！」

ホームズは夢中になると時折、ついていけないほどの早口になる。私の都合など眼中になくなるのは――これもいつものことだ。

「〝……計画したのでしょう。なぜなら〟。よし、いいぞ。つづけてくれ」

ホームズはやれやれといったように片方の眉骨をあげ、ややペースを落として先を

つづけた。

「ロンドンで女漁《あさ》りをしていた領主が、首を切られて、殺された。伝説の通りです。領地を相続したあなたの従兄弟は、前領主の悪事を暴くというもっともな口実で古い屋敷を解体し、領地をあちこち掘り返すつもりでしょう。これなら、どこからも文句は出ない」

「……例の伝説は関係ないと？」

ホームズはサイモン卿《きょう》の首に手を伸ばした。無造作に取りあげ、ポケットから拡大鏡を取り出して切断面にむけた。

「ワトスン、ちょっと来てくれ！」

私はホームズの脇から顔を突き出し、レンズを覗《のぞ》き込んだ。

「どう思う、ワトスン？」

「死後切断だな。殺された後で出来た傷だ」私は医師として所見を述べた。

「同感だね。血管の収縮具合から見て、使われたのはアルカロイド系の毒物だろう。見たまえ、ここに金属の破片が残っている」

ホームズはピンセットを使って、金属の小さな破片をつまみあげた。

「いったい何ごとだ？　死後切断？　アルカロイド系の毒物？　何が、どうなっている。説明したまえ」

サイモン卿の首がいらいらした様子で声をあげた。

ホームズはサイモン卿の首をサイドテーブルの上に戻した。

「あなたの首を切り落としたのは『神の斧』ではないということですよ。伝説は無関係です」

ホームズの言葉に、サイモン卿（の首）は初めてほっとした表情を浮かべた。私はふと、依頼人の額にぼんやりとした淡い光が浮かんでいることに気がついた。部屋に入ってきたときはなかったはずだ。

「ありがとう、ホームズさん。ようやく胸のつかえがおりました。なんとお礼を言ってよいのやら……」

サイモン卿はこれまでとは打って変わった丁寧な口調で礼を言った。

ホームズは顔の前で手をふって、サイモン卿の長くなりそうな感謝の言葉を途中で遮った。

「それはよかった。お帰りはあちらのドアです。ごきげんよう！」

サイモン卿は気分を害したらしく、両手で首をとりあげ、本来の位置に戻すと、むっとした表情で部屋を出ていった。直後にドアの外から何やら騒がしい物音が聞こえた。どうやらサイモン卿が手を滑らせて、首だけが階段を転がり落ちたらしい。

ホームズは一瞬面白がるような顔になった。すぐに椅子に深く身を沈め、顔の前で両手の指先を突き合わせた。

「次の依頼人《ネクスト》！」

再び、ホームズの甲高い声がわれらが二二一Bにこだました。

その後ドアが開くたびに、私は奇怪な姿の依頼人《ゴースト》を次々に目にすることになった。全身が青白く燃えあがっている細身の若い男、白い仮面の少女、魚の顔をした半魚人、といった者たちだ。

彼らがドアを開けて部屋に入ってくるたびに、私はぎょっとして息を呑《の》んだ。いかにホームズといえども、かくも奇怪な者たちが抱える謎を解き明かすことなどできるはずはあるまい、と思った。

だが、そんな心配はまったく無用であった。ホームズは依頼人の姿を一目見ただけで謎の半分を解き明かした（「見たまえワトスン、炎の色を。この青白さはリンの炎色反応だ。かすかにナトリウムの黄色が混じっている。おや、足下だけ色がちがうな。緑？　銅だ。リンとかすかなナトリウム。テムズ河沿いの土壌に多く見られる組み合わせだ。それに銅？　ジャクソンさん、あなたはテムズ河沿いの造船工場で働いていた。そこで事件に巻き込まれたのですね。なぜわかったのかですって？　ごく初歩的な観察ですよ」。

残る半分の謎も依頼人から話を聞き、当人が気づいていない些《さ》細《さい》な問題を指摘することで、常に正しい答えを導き出した。

横で見ていると、あたかも纏《もつ》れた糸玉が、唯一の正しい一端を引っ張ることですると一本の糸にほぐれていくのを見るような爽快《そうかい》さである。

椅子にすわる依頼人は、次々に入れ替わった。

ホームズはそのたびに顔の前で両手の指の骨を突き合わせ、観察によって明らかにされる事実を開示したあと、「さあ、お聞かせ下さい。あなたが抱えている謎とは何です？　あなたがかくも異形の姿となってこの街《ゴーストタウン》に転生したわけとは？　どうか不可解な謎でありますように！」と祈るような口調で呟《つぶや》いた。

奇怪な姿をした者たちが持ち込むさまざまな謎を、シャーロック・ホームズは片っ端から見事に解き明かした。

たいていの場合、依頼人は勧められた椅子にゆっくり腰を落ち着ける間もなく、ホームズのそっけない言葉によって退出を促されることになった。

「以上で、あなたの謎はすべて解けました。お帰りはあちらから。ごきげんよう！」

謎を解いてもらった依頼人は、至極満足げな顔で部屋を出て行く。一方のホームズは依頼人がドアを開けて行くときは、たいていだらしなく椅子に座り、頰づえをついて、顔をしかめている。謎を解いた後の依頼人の額に薄い光が浮かぶことなど、まるで興味がない様子だ。

腹に大きな穴が開いた男が抱える奇妙な謎を見事解き明かして部屋から送り出したあと、ホームズはドアに片手をつき、うんざりした口調で言った。

「やれやれ。この世界でも面白い謎というやつにはめったにお目にかかれないものだね。だいたい、本当に難しい謎というやつは、むしろ平凡な見かけをしているものなのだ。ここの連中はみんな特徴的でありすぎる。手掛かりが多すぎるんだ。……おや、どうしたんだね、ワトスン？」ホームズは私をふり返って、驚いたようにたずねた。

どうしたもこうしたも、慣れない体で、慣れないタイプライター打ちである。私はすっかりくたびれて、テーブルにあごを乗せて言った。

「このあたりで一度、休憩してもらえるとありがたいのだがね」

「そう言えば、君はこの世界に来たばかりだったね。忘れていたよ」

「なに、いつものことだ。気にしちゃいないさ」私は独りごちた。

「現世なら、ハドソンさんに言ってお茶をもってきてもらうところだが……」

ホームズは顎《あご》先を指でつまんで短く思案し、ひょいと思いついた様子で提案した。

「ワトスン、散歩に行こう!」

〝散歩〟と聞いた途端、私は無意識のうちに盛大にしっぽをふっていた。

何だか、だんだん犬の習性が身についてきた感じだ。

ドアを開けて内階段を覗くと、壁ぎわにずらりと並んだ依頼人の列が見えた。いずれ劣らぬ奇怪な姿をしたゴーストタウンの住人たちだ。

ホームズはステッキを腕にかけ、ドアの外にちょこんと控えていたネコに、

「ちょっと散歩に出てくる。ワトスンも一緒だ」

そう言い置いて階段を降りてゆく。私は彼のあとについて階段を降りた。

順番待ちのゴーストたちから次々に声がかかる。

「ホームズ先生、どうかわたしの謎を解いてください」

「一刻も早く謎の解明を」

「依頼人の我々を放っておいて、どこに行くのです?」

すぐうしろを降りてきたネコが、彼らに番号札を配ってまわった。

「しばらく休憩にしまーす。再開したら順番に話を聞きますので、番号札を受け取った方はひとまず解散してください。いいですね、みなさん。はい、か、い、さーん！」

階段に並んだ異形のゴーストたちは一斉に不満の声をあげた。なかにはホームズに詰め寄ろうとする者もあったが、ネコがすばやく間に割って入った。

「ホームズ先生、どうぞごゆっくり。ワトスン博士も。お気をつけて！」

ホームズはネコの言葉に軽く手をあげて応《こた》え、通りに面した戸口のドアを開けた。

ドアの外は懐かしのベーカー街であった。

但し、通りを行き交う者たちは皆が皆、異形のゴーストばかりだ。すぐ目の前を首なし御者が操る馬車が轟音《ごうおん》を立てて通りすぎていく。

シルクハットをかぶったホームズはステッキをくるりと一つまわし、慣れた様子で通りを歩きだした。慌ててあとを追う私は、自然と四足歩行になった。

「あんなネコに留守を任せてきて大丈夫なのかい？」私はホームズを見あげてたずねた。「依頼人の中にはずいぶんと恐ろしげな姿をした連中もいたようだぜ」

「なに、心配には及ばないさ。なにしろ彼は……」

突然、背後で悲鳴のような大きな物音が聞こえた。

　足をとめ、ふり返ると、恐ろしげな巨人の姿をしたゴーストがちょうど二二一Bの戸口からほうり出されてきたところだった。つづいてドラゴンが一匹、これまた高々と宙を舞うようにして通りにほうり出された。仰向《あおむ》けに転がったドラゴンは、ご丁寧にも、小さく黒い煙まで吐いている。

　通りに転がった二人（？）のゴーストの周囲に異形の者たちが集まってきて、その一角はちょっとした騒ぎになった。

「大丈夫、ではなかったようだね」ホームズは状況をおかしがるような口調で言った。「彼は——あのネコのことだが——バリツの達人でね。ミスター・カトー。日本人だそうだ」

　ホームズが指した方角に目をやると、われらが二二一Bの戸口に例のネコが寄りかかり、ゆらりとしっぽを揺らして悠然と佇《たたず》んでいた。

「バリツ？　聞いたことがないな」私は首をかしげた。

「なんでも、東洋の島国ニホンに古くから伝わる武術の一つらしい。カトーは、日本から英国に建築を学びに来た技師だったのだが、ロンドンで客死したんだ」

「それで、このゴーストタウンに転生したというわけか」私は頷《うなず》いて言った。「しかし、わからないな。なぜ君があんなネコ風情に助手のまねごとをさせているんだ？」

「おや、ワトスン。妬《や》いているのかい」

「妬く？　僕が？　ネコに？　冗談じゃない！」

私は憤然と抗議したが、ホームズはニヤニヤと笑うばかりであった。

ホームズに促されて私たちは再び歩きだした。何と言ってもせっかくの散歩の途中なのだ。ネコごときに邪魔されるいわれはない。

少し歩いたあとで、私はやはり気になってたずねた。

「それで、あのネコが抱えている謎とはどんなものなんだい？」

「うん。それが妙な話でね。カトーは自分が謎を抱えて死んだことはわかっているのだが、それがどんな謎なのか自分でもまるでわからないらしい。なにしろネコだ。僕にもちょっと見当がつきかねる。そこで彼は自分の謎がいったいどんなものかわかるまで、僕のところで助手をしているというわけさ」

「なんだい、そりゃ？　よくわからないな」

「東洋にはまだまだ僕たちの知らない謎があるということさ」ホームズはくすくすと笑いながら言った。「カトーはじつに優秀な助手でね。彼のおかげでどんな依頼人が来ても、みんなおとなしく順番待ちをしてくれる」

「へえ、そいつはよかったね」

「そう口を尖《とが》らせて唸《うな》るものじゃないさ、ワトスン。まるきり犬みたいだぜ」

ホームズに指摘されるまでもなく、私は自分でもよくわからない理由からカトーに反感を覚えるのを抑えきれなかった。あるいは犬がネコに感じる敵対意識かもしれないが。

われわれはベーカー街からオックスフォード街を左に曲がり、トッテナムコートを右折してコヴェント・ガーデンに向かって足をのばした。

かつてホームズと二人でさんざん歩きまわった散歩コースの一つだ。奇怪な姿のゴーストたちや首なしの御者が操る馬車が行き交うゴーストタウンは、しかしよくよく観察すれば、建物の造りや通りの並びは、私が知っているロンドンの街並みと少しも変わりがないようだった。変わって見えるのはむしろ、私が四足歩行をしているためであろう。

三フィートほど低い視線から眺めるだけで世界はまるで別物に見える——私にはちょっとした発見であった。私はかつて、ホームズから「君はただ目で見るだけで、観察ということをしない。見るのと観察するのとでは大ちがいなんだぜ」とからかわれたが、多分こうしたことを言っていたのだ。犬の姿になってみるのも、悪いことばかりではない。

角を曲がるとコヴェント・ガーデンであった。

ロンドン随一の青物・花市場として知られるコヴェント・ガーデン広場は、この死者の街《ゴーストタウン》でも賑《にぎ》やかな喧噪《けんそう》に溢《あふ》れていた。広場にはずらりと屋台が並び、大勢のゴーストたちが行き交っている。

ゴーストたちの間を擦り抜けるように進みながら、私は初めて目にする奇妙な景色にきょろきょろと左右を見まわし、鼻をひくつかせた。

「見たまえ、ワトスン。彼らは死んだ後も、あたかも何ごともなかったかのように生前の仕事をつづけているのだ」ホームズが私に耳打ちした。

示された方向に目をやると、屋台と体が一体となったゴーストの姿が見えた。全身に花が咲き乱れているゴーストもいる。生前同様働く彼らの様子は、奇妙な話だが、じつに〝生き生きとして〟楽しそうである。

「ここにいる者たちにとっては、自分の謎を解くより目の前の労働の方が重要だというわけだ。彼らがいったいどんな謎を抱えてこのゴーストタウンにやってきたのか、僕は知りたくてうずうずしているのだがね。いずれ機会もあるだろう」

ホームズはいくらか残念そうな口調で呟いた。

広場の隅のベンチに座って一休みしながら、私は大勢のゴーストで賑わう市場を見まわしてホームズにたずねた。

「それで、きみが謎を解いた後、彼らはどうなるのだ？」

「どう、とは？」

「君が解明するのは、依頼人が現世にいたときの謎だ。ゴーストタウンで現世の謎を解いてもらって、彼らはそのあとどうするのだろう？」

「さあ、そんなことには興味はないね」ホームズは素っ気ない口調で答えた。「僕の興味の対象は謎そのものだ。依頼人がゴーストタウンに転生することになった不可解な謎。その謎を解いてやったあと、依頼人がどうするかなんて、僕の知ったことじゃないさ」

「ホームズ！　それはあまりに無責任というものだ」

「無責任かどうかはともかく、謎を解いてやった依頼人の姿をその後この街で見かけたことはない。彼らがどこに行ったのか、どうなったのか、僕は知らない」

ホームズはそう言って空を見あげた。つられて顔をあげると、ゴーストタウンの空は一面、真っ黒なぶあつい雲で覆われていた。低くたちこめた黒い雲はどこまでつづいているのか見当もつかない。

淡く光る粒が一つ、暗い空を背景にゆっくりと昇ってゆくのが見えた。見渡せば、街のあちこちから一つ、また一つと、光の粒が空にむかって昇っている。

私はあることを思い出した。

ホームズに謎を解いてもらうために二二一Bを訪れた依頼人たちは、帰るときは額に不思議な光が浮かんでいた。あの光はきっと謎が解けた証《あかし》なのだ。だとしたら――。

また一つ、淡く光る粒が暗い空にむかってゆらりゆらりと昇ってゆく。

「……戻るんじゃないかな？」

私は頭に浮かんだ考えをそのまま口に出した。ホームズは私をふり返り、訝《いぶか》しげに眉骨を寄せた。

「戻る？　どこに？」

「謎の前に、さ」私は勢い込んで言った。「この街の者たちは、謎が解けると、死ぬときに抱えていた不可解な謎の前に立ち戻る。現世でその謎ともう一度むきあって、問題を乗り越えてゆくんだ」

「いやはや、ワトスン。まったく君ときたら」ホームズは呆《あき》れたように言った。「それは観察の結果でも、推理の帰結でもない。たんなる希望だ」

「ああ、そうさ。たんなる希望だ。だが、僕はきっとそうだと思う」

「君のその非論理的な〝お人よし〟ぶりは死ぬまで直らないね……いや、もうとっくに死んでいるか」

ホームズはにやりと笑うと、ステッキを肩にかついで歩きだした。私は急いでホームズのあとを追い、ふと、視界の端に妙なものを見た気がして、足をとめた。

空に昇ってゆく途中の光の粒が一つ、突然、見えない糸にとらわれたように動きをとめ、勢いよく地上に引き戻された——そんなふうに見えた。

「どうしたワトスン?」ホームズが足をとめ、空を見あげている私にたずねた。

「いや、なんでもない」

たぶん、目の錯覚だ。慣れない姿のせいで、いつもと違う見え方がしただけだろう。

私は首をふり、すぐにホームズに追いついて並んで歩きだした。

……私はただ目で見るだけで、観察ということをしない。それで、いつも失敗する。ホームズの言うとおりだ。

犬の姿になっても、私は結局何ひとつ変わってはいなかった。

第三章　ワトスンの事情

帰りは広い通りを避け、細い路地を抜けるのが現世での私たちの暗黙のルールだ。ゴーストタウンでも、そのルールは変わらなかった。

横道に入り、入り組んだ細い路地を歩いていくと、角を曲がるごとに奇怪な姿をしたゴーストが次々に現れた。ホームズは浮き浮きとした様子で、特徴ある彼らの姿を手掛かりに生前の謎を勝手に推理している。

「軍を除隊になったばかり……まだ給与靴をはいたままだ……インドで勤務……下士官？　いや、砲兵か……死んでも帽子を横っかぶりにする癖が直らない……気の毒に、先に細君を亡くしている……子供が一人……いや、二人いた……ガラガラと絵本を持っている」

ホームズは口笛を吹き出しかねないほどの上機嫌だった。現世でもこんな機嫌の良いホームズにはめったにお目にかかったことがない。

しばらく二人で路地を歩きまわったあと、ホームズはひょいと私をふり返った。

「さあ、もういいだろう。ワトスン、そろそろ君の番だ」

「僕の番？」

「君がなぜゴーストタウンに来たのか、そのわけを話してくれたまえ。君が死にさいして心に抱いた謎とは、いったい何だったのだ？」

「いや、しかし、ホームズ。急にそんなことを言われても、僕にはいったい何がなんだか……」

「そうだな。たしかに、論理的に話すのは昔から君の得意ではなかった。それじゃ、僕の質問に答えてくれたまえ。ワトスン、君はいつ、どこで死んだ？　死因は何だったのだ？」

私はきつく眉を寄せ、思い出そうと努めた。

「僕が死んだのは……」

ふいに、ある光景が鮮やかに浮かびあがった。

黒い服を着た者たちが墓地に集まっている。葬儀の場だ。私も葬儀の参加者の一人である。隣にはベールをかぶった小柄な女性。黒いベールをかぶり、胸元に黄色い薔《ば》薇《ら》の花を一輪捧《ささ》げ持っている。近くに犬を連れた少年がいる。

祈りを捧げていた司祭が十字を切り、参列者に場所を譲った。

柩《ひつぎ》の上に次々に花が投げかけられる。黄色い薔薇も。

黒々とした土色もま新しい穴の中へ、柩がゆっくりとおろされる。

ふと、妙な気配を感じて顔をあげた。

墓地に面した建物の暗い窓に、きらりと光るものが見えた。

軽い発射音が聞こえ、胸に激しい衝撃を受けた。体がゆっくりとくずおれる。

目の前が暗くなり、それきり何もわからなくなった。

…………。

すべて思い出した。

思い出して、呆然《ぼうぜん》となった。

「ロンドンでの……葬儀の場だ。僕は……葬儀の場で撃たれたんだ……」

「そいつは気の毒に。アフガニスタンの苛《か》酷《こく》な戦場を生き延びた元軍医が、平和なロンドンで撃たれたとはね。なんとも皮肉な話じゃないか。ちなみに、そのとき君は、いったい誰の葬儀に参加していたのだい？」

「ホームズ！　君のだよ！」

「僕の？」

「モリアーティ教授とともにライヘンバッハの滝に落ちて死んだ君の葬儀の場所で、僕は何者かに狙撃された。目の前が暗くなり、次に目が覚めたら、このゴーストタウンだったというわけだ」

「いや、ワトスン……しかし……彼は約束した……まさか、そんな……」

ホームズは虚をつかれたような顔で呟《つぶや》いた。

一八九一年五月四日。

我が友シャーロック・ホームズは宿敵モリアーティ教授との死闘の末、スイス・マイリンゲン近くのライヘンバッハの滝に落ちて死んだ。

私はホームズとともにライヘンバッハまで同行していながら、最後の瞬間、ホームズの〝心優しい策略〟によって死闘の現場から遠ざけられたのだ。

私が戻ったとき、現場にはすでに誰の姿も見えなかった。ただ、滝までつづく無残に踏み荒らされた二人分の足跡を発見したばかりであった。

私は崖《がけ》に腹ばいになり、滝壺《たきつぼ》を覗《のぞ》き込んだ。それはじつに恐ろしい光景だった。雪どけで増水した激流が、凄《すさ》まじい勢いで巨大な深淵《しんえん》にむかって落下していた。目に映るものは、しとどに濡《ぬ》れて黒く光る恐ろしげな岩壁と、飛沫をあげながら底知れぬ滝壺に突進する白々とした水柱だ。激しい水音は耳を聾《ろう》し、ちょっと覗いただけで目がくらむほどの光景である。

私は滝壺にむかって友の名を叫んだ。

何度も、何度も、大声で叫んだ。

だが、何度叫んでも、答えるものは滝にむかって激しく流れ落ちる水の音と、周りの崖にはねかえるこだまばかりであった。

「現地の警察に協力してもらってさんざん捜したのだが、結局、二人とも見つからなかった」

その後の経緯を、私は髑髏《ドクロ》の顔をしたホームズに語った。

「現地の警察の話では、あの滝壺に落ちると遺体が見つからないことが多いそうだ。結局、ロンドンに戻って空《から》の柩のまま葬儀を行うことになって……。その葬儀の最中《さなか》、僕は正体不明の何者かに狙撃されたのだ」私はホームズを見あげ、一語一語区切るようにしてたずねた。「教えてくれホームズ。僕はなぜ撃たれた？　僕を狙撃したのは誰だったんだ？」

ホームズは難しい顔で私を見た。

「君が撃たれた理由について、僕はいま七通りの説明を考えてみた。七つとも、いまわかっているだけの事実と矛盾しない」

「さすがだ、ホームズ！　姿は変でも、探偵としての能力は少しも変わっていない」

私はすっかり感心して言った。「それで、僕が狙われた理由は？」

「残念ながら、それをいま君に教えるわけにはいかない」

「教えられない？　なぜだ」

「理由は二つ」ホームズは骨の指を立てて言った。「ひとつは、推理のための材料が不足している。粘土がなければ煉瓦《れんが》はつくれない。正確な答えを得るためには、もっと事実が必要だ」

私は不満げに低く唸《うな》った。現世においても、ホームズはこれを言いだすと梃子《てこ》でも動かない。

「それで、もう一つの理由は？」

「君はさっき『謎を解けば、現世の謎の前に戻る』という仮説を提出した。何の根拠もない仮説だが、一応、検討にあたいする」

私は首を傾げた。ホームズが何を言いだしたのか、理解できなかった。

「君にはこの世界に留《とど》まって、僕の手伝いをしてもらいたいのだ」ホームズは当然のような口調で言った。「事件の記録をとる係が必要だ。謎を解いて、万が一、君にいなくなられては、僕が困るのだよ」

これには、さすがの私も腹が立った。

「君ってやつは、どこまで自己中心的な人間なんだ！　生きている間も、ひどいやつだと何度思ったかしれないが、死んだ後もそのままとはね！」

「性格なんてものは、死んだくらいでそうそう変わるものじゃないさ」

ホームズはとぼけた口調でそう言うと、鼻歌まじりにステッキをくるくるとまわしながら歩きだした。

じきに路地を抜け、大通りに出た。馬車を拾って帰るのかと思いきや、ホームズはまた別の路地に入っていく。

「いったい、どこに向かっているんだ？」

「この少し先に、知り合いの古物商がある」ホームズはステッキの先で行く手を示して言った。「再会を祝して、君にプレゼントを買おうと思ってね」

「へえ。珍しいこともあるものだ。どういう風の吹き回しだろう？　何を買ってくれるんだい？」

「何といって……ああ、ここだ。ちょっと外で待っていてくれたまえ」

私は言われたとおり、古物商の店先にすわって待つことにした。店の汚れたガラスごしに、ホームズと八つ目の店主が話す姿が見える。声までは聞こえなかった。

ほどなく店から出てきたホームズは膝《ひざ》を曲げ、私の首に手をまわした。

私は店のガラス窓に映った自分の姿を見て、眉《まゆ》を寄せた。

「プレゼントというのは、まさかこれのことじゃないだろうね？」

ガラスに映った黒い犬の――つまり私の首に銀色の首輪が巻かれていた。ご丁寧にも〝ジョン〟と書いた金属製の名札《ネームプレート》までぶら下がっている。

「似合うよ、ワトスン。ぴったりだ」ホームズは至極真面目な調子でそう言うと、上着のポケットからリードを取り出した。「こっちは僕が持っておく。これからの君との散歩には必需品だからね。ちなみに、金属製のプレートはカトーとお揃いだ」

私は眉を寄せた。そう言えば、ネコの首にも同じような名札がぶら下がっていた。

急に頭に血がのぼり、私はホームズの周りを跳ねまわりながら、犬のように吠《ほ》えついた。

「冗談じゃない！　くそっ。くだらない冗談で悪戯《ふざけ》ているひまがあったら、さっさと僕の謎を解いてくれ。僕は誰に狙われた？　なぜ殺されたんだ？　理由を知らないことには、死んでも死にきれない！　君の推理を聞かせろホームズ！　でなければ、君とは金輪際《こんりんざい》絶交……」

　と言いかけて、私はぴたりと動きを止めた。

　建物と建物の間に、表通りが狭く見えている。異形のゴーストたちが行き交う広い通りの向かい側を、灰色のコートを着た小柄な女がうつむき加減に歩く姿が見えた。目深にかぶった灰色の帽子とベールで顔は見えない。が、通りを歩く女のシルエットと帽子の白い羽根飾り、さらにもう一つ、コートの袖口《そでぐち》から覗くほっそりとした手首に見える特徴的な形のブレスレットに、私は見覚えがあった。

　メアリー？　だが、なぜ彼女がここにいるのだ？

　私は一瞬茫然《ぼうぜん》となり、建物の間に女の姿が見えなくなると同時に我に返って駆けだした。建物と建物の狭い隙間をすり抜け、表通りに出た。そのまま通りを横切ろうとした私のすぐ目の前を、首なしの御者が操る馬車が大きな音を立てて行き過ぎた。

　馬車に遮られた視界が戻ったとき、女の姿はどこにも見えなくなっていた。

　きょろきょろしていると、背後から来たホームズの声が聞こえた。

「どうした、ワトスン？　何があったんだ」

「さっき君は、このゴーストタウンに存在するのは死んだ者だけだと言ったな？」私は左右を見まわしながらたずねた。

「ああ、そのとおりだが……」

「だったら、なぜゴーストタウンにメアリーがいる？　彼女は――僕の妻はまだ生きているはずだ！」

　少し離れた場所に、異形のゴーストたちに紛れるように灰色のコートを着た女が歩く姿が見えた。

「あそこだ、ホームズ！」

　私はホームズに声をかけて、無我夢中で駆けだした。

「待て、ワトスン。ちょっと待ってくれ」

　背後でホームズの声が聞こえたが、待ってなどいられない。私は左右にステップを踏み、邪魔なゴーストたちをかわして広い通りに出た。姿勢を低くし、耳を後ろに倒して速度を上げる。

「おーい、待ってくれー。ワートースーーン！」

　ホームズの声がたちまち背後に小さくなった。

　もう少しで追いつくと思った瞬間、またしても女の姿を見失ってしまった。聖《セント》バーソロミュー病院近くの四つ辻《つじ》で首なし馬車二台に立てつづけに行く手を遮られ、最初の馬車をやり過ごしたあと、どうやら別方向に走りだしてしまったらしい。

再び四つ辻まで戻り、何か手掛かりは残されていないかと見まわしていると、遠くからホームズがぎくしゃくとした動きで不器用に走ってくるのが見えた。私はちょっと意外な気がした。現世でのホームズは運動神経抜群で、走る姿もなかなか見事であったからだ。

四つ辻までたどり着いたホームズは、両膝《りょうひざ》に手を置き、肩で息をしている。

「なんてことだ。この体じゃ……うまく走れない……」

ホームズがぼやく声を聞いて、私は内心、ほらみたことか、と仇《かたき》を取ったような気になった。

「しっかりしろホームズ。なんだい、そのヘンテコな走り方は。『これこそまさに、僕が長年思い描いていた理想の姿だ』だって？　そんな姿じゃ、うまく走ることさえできないじゃないか。目印はメアリーが手首につけていた黄色のブレスレット――瑪《め》瑙《のう》のような独特の光沢のある、東洋風の飾りが特徴だ。僕が彼女と知り合うきっかけとなった例の事件以来、メアリーはいつもあのお気に入りのブレスレットをつけていた。君も見たことがあるはずだ。くそっ、こっちにもいない。さあホームズ、今度は君の出番だ。メアリーがどっちに行ったのか、お得意の推理を聞かせてくれ！」

「落ち着きたまえ、ワトスン」ホームズはようやく腰を伸ばして言った。「君が見たのは本当にメアリーだったのかい？ きみは彼女のこととなるといつも、何というか、平常心を失う傾向があるからね。彼女が依頼人として最初に二二一Bに現れたときからだ」

「ホームズ！」

私は一声鋭く吠えた。昔話はともかく、いまはメアリーの行方を捜すのが最優先だ。

ホームズは両手をあげて降参の意を示した。

「君はむこうを見てくれ。僕はこっちを捜す」

「……わかったよ、ワトスン」

私の指示どおりに動くホームズは珍しい。

だが、いくら捜しまわっても、目に入るのは街を行き交う異形のゴーストたちばかりであった。時折、通りを奇怪な辻馬車が行き過ぎる。

捜索をいったん中断して元の場所に戻ると、先に戻ったホームズが片手を腰に当て、片手で首筋を掻《か》いていた。ホームズは私を見て首をふった。こっちも手掛かりなし。そんな顔だ。手掛かりがあろうとなかろうと、諦《あきら》めるわけにはいかなかった。

何ができる？

私は左右を見まわし、路傍に人の肩丈ほどの黒い石が立っているのに気がついた。

犬の姿の難点は、視点が低く、一度に遠くまで見渡せないことだ。高い場所にあがれば少しは見晴らしがちがうはずだ。少なくとも、街を行き交うゴーストたちの、場合によっては幾本もある足に視界を遮られることもない。

私は石に飛びつき、一気に天辺《てっぺん》まで駆けあがった。

思ったとおり、さっきよりずっと遠くまで見渡せる。鼻先を高くあげ、背伸びをするようにして四囲の通りの様子を窺《うかが》った。

通りを行き交う奇怪な姿をした大勢のゴーストたち……不気味な辻馬車……見慣れたロンドンの街並み……。

灰色のコートに灰色の帽子、特徴的なアクセサリーを手首につけた小柄な女の姿はどこにも見当たらない。

「ワトスン！」

足下からホームズの声が聞こえた。

見おろすと、ホームズがぎょっとした顔つきで私が登った黒い石を見つめていた。

「ワトスン、降りてきたまえ。この石は……」ホームズは石に目を据えたまま、うわ言のように呟《つぶや》いた。

私は石から飛び降り、ホームズの隣に並んで石を眺めた。

すぐにはわからなかった。

ホームズが指さす輪郭にそって石を眺め、そのことに気づいた瞬間、私は、あっと声を上げた。

黒い石は、二二一Bを訪れた〝首なし〟サイモン卿《きょう》の形をしていた。

ホームズは上着のポケットから拡大鏡を取りだし、黒い石像にむけた。石像の指に「グリフォンとアザミ」の紋章入りの指輪、腕にぶらさげた黒い石のステッキには「V・S」の文字が刻まれている。

「サイモン卿だ、まちがいない。だが、なぜ彼が石に？」

そう呟きながらホームズは一歩、二歩と後ずさった。少し離れて全体を観察しようとしたらしいが、その前に何かに足をとられて仰向《あおむ》けに派手に転倒した。

「大丈夫か、ホームズ？」

私は尻餅《しりもち》をついたホームズに駆け寄った。ホームズは、じっと地面を見つめている。視線を追うと、サイモン卿の〝首〟が黒い石となって地面に転がっていた。何か叫ぶように大きく口を開けている。

私は、地べたに腰をつけたままのホームズと顔を見合わせた。

周囲を見まわし、街路樹の陰にもう一つの黒い石像が背中を向けて立っているのを見つけた。前にまわり込むと、黒い石は体中に鎖を巻きつけた豚顔の太った女性の姿をしていた。醜く歪《ゆが》んだその顔に、どこかで見覚えがあった。

「ウィッチントン夫人……」ホームズが呆然《ぼうぜん》と呟く声が聞こえた。私がこの世界《ゴーストタウン》で〝目覚めた〟とき、ホームズに謎を解いてもらっていた依頼人だ。

「ホームズ、あそこにも！」

私は路地の入り口に別の黒い石を見つけて声をあげた。

黒い石像は青白い炎をあげて燃える若い男の形をしていた。炎の形もそのまま、一瞬で凍りついたように黒い石に変わっている。若い男の顔には恐怖の表情がはりついていた。

路地の暗がりに目を凝らすと、黒い石像がさらにいくつも点々と並んでいるようだ。

私は背筋にぞっと冷たいものを感じて、ホームズをふり返った。

「ここに並んでいるのは……まさか……」

「ああ、ワトスン。そのまさかだ」ホームズは髑髏《ドクロ》の顔でうなずいて言った。「黒い石になっているのは、どうやら僕が謎を解いた依頼人たちらしい」

私はぶるりと一つ身ぶるいをして不吉な思いをふりはらった。身を翻し、路地の奥へと点々とつづく黒い石の像から像へと走りまわった。黒い石像の顔を順に確認した。

黒い石となった者たちの顔はいずれも恐怖と絶望に醜く歪んでいた。一つの例外もない。あたかも恐るべき恐怖と絶望が、彼らを黒い石に変えたかのようだ。

私は足をとめ、ホームズをふり返った。謎を解いてもらって二二一Bを出て行くときの依頼人たちの穏やかな顔と、彼らの額に浮かんでいた柔らかな光を思い出した。

なぜ、こんなことになったのか？

私は茫然《ぼうぜん》とした。あんなにも幸福そうだった彼らが、どういう経緯で黒い石に変じたのか？　なぜ、彼らが全員かくも恐怖と絶望の表情を浮かべているのか？　いったい何が起きているのか？　私にはさっぱりわけがわからなかった。

ホームズが決然とした様子で路地の奥に向かって歩きだした。

「ホームズ？　どこに行く？」

返事はない。

私は急いで彼の後を追った。

ホームズは石像を順に確認してまわった。パイプをくわえ、石像に当てた拡大鏡をのぞき込んでは、何やらぶつぶつと独り言を呟いている。説明はないが、それは現世にいたときからのことだ。

石像を調べていたホームズがようやく口を開いた。

「思ったとおりだ。彼らは僕のところに相談に来た順番に並んでいる」

「何か意味があるのだろうか？」

「それはまだわからない。単なる偶然かもしれない。しかし、そう、もしかすると……」

入り組んだ路地を進む私たちの前に、奇怪な形の黒い石像が次々と姿を現した。道は次第に細くなり、複雑さを増してゆく。ホームズは丹念に石像を調べて進む方向を決定した。

「おや、妙だな」ホームズが足をとめ、顔をあげて、訝《いぶか》しげに呟いた。

狭い路地に張ったロープからぶらさがる薄汚れたシーツが行く手を阻んでいる。

「行き止まり、というわけではなさそうだ」ホームズはステッキでシーツをはねのけ、奥に進んだ。つづいてシーツをくぐった私は、すぐ先で立ちどまっていたホームズの足に鼻先をしたたかぶつけることになった。

「見ろ、ワトスン！」ホームズが囁《ささや》くような声で言った。

しかめた顔を上げると、信じられない光景が目の前に広がっていた。

闇の中に、黒い石像が林立していた。一つ、二つの話ではない。数十、数百、数千という夥《おびただ》しい数の黒い石像が闇の奥にむかってどこまでも並んでいるのだ。

凄《すさ》まじい光景に私は鼻先の痛みを忘れ、息を呑《の》んだ。

突然、背後の頭上から恐ろしい声が聞こえた。

「ホームズ！」

ふり返ると、暗い石壁に巨大な影がはりついていた。細く、長い、四対《よんつい》八本の手足。あたかも蜘蛛《くも》のようなその姿、その顔は——。

「モリアーティ！」

ホームズが石壁を見あげて、鋭く声をあげた。

モリアーティ教授が、蜘蛛のような動きで垂直の石壁を素早く降りてきた。

第四章　モリアーティ教授

〝悪の天才〟モリアーティ教授の名前を私が初めて耳にしたのは、忘れもしない、一八九一年四月二十四日夜のことであった。

その晩、ホームズはひどく焦悴《しょうすい》した様子で私の診療所を訪れた。予告なしに突然現れたホームズは、いつにもまして顔色が悪く、頰がこけて、何かを警戒する感じだった。彼は現れるなり人差し指を唇にあて、私に黙っているよう指示した。診療所の窓の鎧戸《よろいど》をしっかりと閉め、差し込み錠をかけた後で、ようやく私をふり返って事情を打ち明けた。

ホームズはその日、三度にわたって危険な襲撃を受けたという。最初は二頭だての荷馬車が勢いよく突っ込んできたのを間一髪でかわし、二度目は屋根の上からレンガが落ちてきて、すぐ足下で微塵《みじん》に砕けた。さらに私のところに来る途中、こん棒をもった屈強なならず者が襲いかかってきたので、これは返り討ちにして巡査に引きわたしてきた——。

話を聞いて、私は眉《まゆ》を寄せた。

犯罪者を相手にするホームズの仕事には必然的にある種の危険がつきまとう。それにしても一日に三度の襲撃とは、いくらなんでも多すぎる。今回は、いったいどんな危険な犯罪者を相手にしているのか？

私の質問に対する彼の答えこそが、ジェイムズ・モリアーティ教授その人の名前であった。

「ワトスン、君はモリアーティ教授の名前など聞いたことはあるまいね？」

「ないねえ」首を傾げた私に、ホームズはむしろ得たりと頷《うなず》き、

「まさにそれこそが、彼が悪の天才である証明なのだ」

そう言って、モリアーティ教授について次のような説明を加えた。

「モリアーティはロンドンで起きた未解決事件のほとんど全部と、悪行の半分に関係している。そのくせ彼の名は絶対に表に出てこない。そのように組織をつくりあげているのだ。

モリアーティはあたかも巣の中央にいる蜘蛛のようにじっとしている。彼が張り巡らせた網には放射線状の糸が無数にあって、その一本一本の振動が手にとるようにわ

かる仕組みだ。モリアーティは自分では何もしない。計画立案して、誰かにそっと耳打ちするだけだ。犯罪を行った当人でさえ、それがモリアーティの計画だったと気づかないほどの巧妙さだ。だから、彼はけっして捕まらない。疑惑を受けることさえない。まったく、第一級の頭脳の持ち主だよ。彼の能力は、おそらく僕の能力に匹敵する。その能力を謎を解くために用いるか、犯罪遂行のために用いるかの違いがあるだけだ」

ホームズはタバコに火をつけ、一服する間、暫《しばら》く沈黙した。それから、

「だが、彼はつまずいた。ほんの小さなつまずきだが、ついにしっぽを出した。僕が見逃すものか。僕は彼の周囲に網を張った。詳しく説明するひまはないが、一度かかると決して逃れられない、繊細にして丈夫きわまりない網だ。あと三日でモリアーティがつくりあげた犯罪システムは崩壊する。モリアーティはその仲間のおもだった連中といっしょに官憲の手に捕まるだろう。法廷ではいままで迷宮入りとされてきた事件が四十件以上も解決され、そのすべてにモリアーティ教授の関与が認定されるはずだ。そして、彼らを法廷に引き出す鍵《かぎ》を握るのが、この僕――シャーロック・ホームズというわけだ」

ホームズはチラリと笑みを浮かべ、襲撃者を撃退したさいに傷ついた拳《こぶし》をひらいて

見せた。

「あと三日。それが、モリアーティと僕が雌雄を決するに必要な時間だ。その時間を無事生き延びれば僕の勝ち、逆に襲撃に成功すれば彼の勝ちだ。双方、己のプライドと生命を懸けた一種の生き残りゲームだよ。モリアーティは焦っている。一日三度の襲撃がその証拠だ。僕はモリアーティが巧妙な犯罪システムを張り巡らせたロンドンを離れ、欧州に渡って時間を使おうと思う」ホームズはタバコをもみ消し、顔をあげ、私に提案した。「ワトスン、君も一緒に大陸にきてくれると、たいへんうれしいのだがね」

ちょうど妻が数日間泊まりがけで出掛けていたこともあって、私は迷わずホームズの申し出を承知した。その晩ホームズは裏窓から塀を乗り越えて姿を消し、翌日私は彼が残した複雑で風変わりな指示に忠実にしたがってロンドンを離れた。

その後、スイス・ライヘンバッハの滝で起きた悲劇については既に記したとおりだ。ホームズによって組織を壊滅させられ、部下を一網打尽にされたモリアーティは、ライヘンバッハの滝のほとりでホームズに一対一の勝負を挑んだ。その結果、二人とも滝壺《たきつぼ》に転落するという悲劇的な結末を迎えたのである——。

暗い石壁を素早い動きで垂直に降りてくる巨大な影を前に、私は茫然《ぼうぜん》と立ちすくんだ。

これがホームズの〝宿敵〟モリアーティ教授なのか？

地上に降り立った巨大な影は、四対八本の、細く、長い手足を持った蜘蛛のような姿をしていた。両の目は深く落ち窪《くぼ》み、それとは別に広い額には赤く光る目がついている。顔色は気味の悪い青白さだ。背がきわめて高く、二本の足で直立すると、はるか高みから私たちを見おろす形となった。

「チッ、予定より少し早いが……まあ、いいだろう」モリアーティは舌打ちして低く呟《つぶや》くと、訝《いぶか》しげな視線を私にむけた。額の目が赤く光る。巨大な蜘蛛はなにごとか理解した様子でニヤリと笑い、嘲《あざけ》るように言った。

「なるほど。忠犬はこの世界でも一緒というわけか。ご苦労なことだ」

私はとっさに牙《きば》をむき、背中の毛を逆立てて低く唸《うな》った。敵意というよりは、恐怖が私に攻撃姿勢をとらせた感じであった。

「これは貴様の仕業なのか、モリアーティ！」ホームズは背後に林立する石像を指さして詰問した。

「私の仕業？」モリアーティは細い指で顎先《あごさき》を捻《ひね》り、わざとらしい仕草でゆっくりと首をふった。「いや、ちがうなホームズ。ここにあるのはすべて、貴様と私の共同作品だよ」

「共同作品、だと？」

「気づいていなかったのか？」モリアーティは小ばかにしたような口調で言った。

「では、教えてやろう、ホームズ。貴様はこのゴーストタウンに来て、いままで何をしていた」

「何の話だ」

「貴様は死んでなお、性懲《しょうこ》りもなくこの世界のゴーストたちが持ち込む謎解きに興《きょう》じていたのではないか。謎を解いて、その連中はどうなった？」

「私の興味の対象は謎そのものだ。謎を解いた後、依頼人たちがどうなったかなど……」

ホームズはそこで不意に口ごもってしまった。私はもどかしく思い、吠《ほ》えつくように横から口を挟んだ。

「ホームズが謎を解いた依頼人たちはみんな笑顔で帰っていった。額には光が浮かんでいた。彼らはきっと現世に戻って謎と向き合い、今度こそ問題を乗り越えた――そうに決まっている！」

モリアーティが突然、のけ反るようにして大声で笑いだした。

「何がおかしい！」

「これは失礼。忠犬……いや、ドッグ・ワトスンとお呼びした方がいいかな？　噂にたがわず、君のお人よしぶりは敵ながらあっぱれだ。感服するよ。そう、君の言うとおりだ。謎が解けたゴーストたちは現世に立ち戻り、謎を解いて問題を乗り越える」

「思ったとおりだ！」私は思わず破顔し、笑顔でしっぽをふった。

「だが、その後は？」

「その後？」

私はしっぽをふるのをやめた。彼らが現世に戻って謎を乗り越えたその後のことなど、考えたこともなかった。

「ホームズ。ワトスン。お前たちのやっていることは所詮《しょせん》は偽善、自己満足だと考えたことはないのか？　貴様が謎を解いて少しでも世のなかがよくなったか？　誰かが幸せになったか？　問題はその後だ。見るがいい！」

モリアーティは六本の腕を大きく広げて、勝ち誇ったように声をあげた。

不意に背後に光が満ち、ふり返った私たちは顔の前に手をかざして眩《まぶ》しい光に目を細めた。

通路を塞《ふさ》ぐように干してあった白いシーツに光が当たって、光と影がゆらゆらとゆらめていた。

最初私にはそれが何なのかわからなかった。

気づいた瞬間、私はあっと声をあげた。

この世界《ゴーストタウン》で気づいた時、ホームズが謎を解いてやっていた豚顔の太った女性、ウィッチントン夫人の白黒写真だ――正確には彼女がこの世界に転生する以前、生きていたころに撮られた写真なのだろう。が、それでも彼女だとはっきり識別することができる。

私が驚いたのは、しかしそのためではなかった。白いシーツに映しだされたウィッチントン夫人の白黒写真が、あたかも生きているように動いていたのだ。

私は息を呑《の》み、白いシーツに映しだされた〝動く写真〟に釘付《くぎづ》けになった。

〝動く写真〟は、現世に戻ったウィッチントン夫人の姿を映しだしていた。現世に戻った夫人は、ホームズに教えられたとおり、密室《ロックド・ルーム》から消えた宝石がじつは小間使いの仕業《トリック》だと謎を解く。

夫人から厳しく責められた小間使いは、直後にテムズ河に身を投げて自殺する。彼女には病気の幼い子供がいて、盗難は薬代の代わりに医者から指示されてやむなく行ったものであった。

小間使いの母親は嘆き悲しみ、復讐《ふくしゅう》のためにウィッチントン夫人の館《やかた》に放火する。

ウィッチントン夫人は業火に焼かれて無残に死ぬ……。

シーツはそこでいったん白い光にあふれ、すぐにまた別の写真が映しだされた。

今度は〝首なし〟サイモン卿《きょう》の生前の写真だ。

白黒写真がゆっくりと、やがて生きているように動きだす。

現世に戻った〝首なし〟サイモン卿は従兄弟《いとこ》の目論《もくろ》みを暴き、彼をオーストラリアに追放する。

その後、サイモン卿は夜な夜な奇怪な衝動に駆られるようになる。彼はロンドンの下町を訪れ、金で買った娼婦《しょうふ》を薬で眠らせてナイフで切り刻む。

何人もの娼婦を切り刻むサイモン卿の姿が次々に映しだされる。

最後は館に押しかけた警察官たちの手で捕らえられ、裁判の上、絞首刑に処せられる。頭に袋をかぶせられ、後ろ手に縛られたサイモン卿が、絞首台から吊《つ》りさげられる……。

唐突に、すべての光が消えた。

「ご理解いただけたかね？」

嘲笑《あざわら》うような声に、私は闇のなかで我に返った。

ふり返ると、モリアーティがニヤニヤと笑いながら私たちを見おろしていた。

「貴様が謎を解いたことで、この連中は現世に戻ってさらなる悲惨な死を遂げることになる。私は何もしていないよ、ホームズ。私は彼らに、自分たちの未来を見せてやっただけだ。その結果、この連中は現世の謎の前に立ち返ることを拒否して、自ら石になることを選んだのだ」

モリアーティは八本の手足の一つを使って顎をひねりながらそう言うと、別の手で闇に林立する石像を指し示した。

「貴様が謎を解かなければ、この連中はわざわざ石になる必要はなかった——それが貴様と私の共同作業の意味というわけだ」

「私が謎を解いたことで……依頼人を絶望に追いやった？」小さく呟く声が聞こえた。見あげると、何としたことか、ホームズが茫然《ぼうぜん》と立ち尽くしていた。あたかもモリアーティの幻術にかかった様子だ。

私は濡《ぬ》れた犬が水しぶきを飛ばすように、ぶるりと一つ体を震わせた。

冗談ではない！

現世に戻ったウィッチントン夫人が小間使いを自殺に追いやるのも、サイモン卿がロンドンの下町で娼婦を殺してまわるようになるのも、謎を解いたこととは何の関係もない別の話ではないか。ホームズが謎を解いたせいにされてたまるものか。

私は唸《うな》り声をあげてモリアーティに突進した。後ろ足で地面を蹴《け》って飛びかかる。が、どうしたことか、私はモリアーティを突き抜け、そのまま正面の石壁に激突した。目の前に星が飛ぶ。

ふり返ると、妙な景色が見えた。モリアーティの半透明の体を透かして、ホームズの姿が歪《ゆが》んで見える。壁に頭をぶっつけたせいかと思い、首をふり、何度か目を瞬《しばたた》いた。が、何度見ても、見まちがいではない。

「大丈夫か、ワトスン？」

ホームズが石壁の前で唖《あ》然《ぜん》としている私に駆け寄ってたずねた。私は我に返り、背中の毛を逆立てた。牙《きば》をむき、もう一度モリアーティに飛びかかろうと身がまえた。

「だめだ、ワトスン。罠《わな》だ！」

ホームズが私の鼻先にステッキを突き出して制止した。

ステッキで示された先に目をこらすと、銀色に光る蜘蛛《くも》の糸のようなものが見えた。ホームズが次々にステッキの先で示した。いつの間にか、細い糸が私たちを取り囲むように張り巡らされている……。

突然、背後で「助けてくれ！」という男の悲鳴があがった。

ふり返ると、ネズミの顔をしたゴーストが路地の入り口で身動きできなくなってもがいていた。好奇心にかられて路地奥を覗《のぞ》きにきたところ、張り巡らされた目に見えぬ糸に触れて動けなくなったらしい。あがけばあがくほど、さらにたくさんの糸がからみついて体の自由が奪われていく。

モリアーティが蜘蛛のような素早い動きで近づき、口から糸を吐きかけた。糸はネズミ顔のゴーストをくるくると巻きとり、たちまち白い繭の形になった。繭が細かく動いているのは、中で懸命に暴れているからだろう。くぐもった声が中から聞こえる。

繭玉が鈍い光を発し、その光が繭から離れて宙に浮かんだ。モリアーティはすかさず糸を吐きかけ、光の球を搦《から》めとった。糸を引き戻し、光の球をむさぼり食っている。

繭玉が裂け、ネズミ顔の男の形をした黒い石像がごろりと転がり出た。顔が恐怖と苦痛に醜く歪んでいる……。

満足げにふり返ったモリアーティの口元に、あたかも吸血鬼のような二本の長い牙が伸びているのが見えた。

モリアーティは口元をぬぐい、

「よく気づいたな、ホームズ。さすが我がライバルだ。だが、これはどうかな？」

そう言ってニヤリと笑うと、六本の腕を妙な形に動かした。

腕の動きに応じて、路地に転がっていた黒い石像が動きだした。糸で操る人形のようなぎくしゃくとした動きだ。石像の目が赤く光っている。

動きだしたのは石像一体ではなかった。路地の奥から、やはり目が赤く光る別の石像が現れた。別の方角から、さらにもう一体。路地のあちらこちらで黒い石像が動きだした。

いくつもの黒い石像が、ゆらりゆらりと体を揺らしながら近づいてくる。

左右を見まわすと、いつの間にか取り囲まれていた。

石像たちがじりじりと近づき、輪が絞られる。目に見えぬほどの細い糸があちらこちらに張り巡らされていて、迂闊《うかつ》には動けない。

「ワトスン、上だ！」

ホームズの声に、私はハッとして頭上に目をやった。

石壁と石壁の間に、シーツを干すためロープが何本も張られている。

私はホームズと目配せを交わし、同時に飛びあがった。頭上のロープにぶらさがり、石壁を蹴った。反動をつかって、別のロープに飛び移る。もう一度石壁を蹴って勢いをつけ、そのまま建物二階のガラス窓を突き破ってなかに転がり込んだ。

体勢を立て直し、窓から下の様子を窺《うかが》うとモリアーティがこちらを見あげていた。モリアーティはにやりと笑い、六本の腕をまた妙な形に動かした。

腕の動きに応じて、別の場所にあった黒い石像が動きはじめた。黒い石像は、私たちが逃げ込んだ建物の入り口にむかい、次々となかに吸い込まれていく。

慌てて部屋を横切り、窓と反対側のドアから顔を出した。いくつもの黒い石像が、犇《ひし》めきあいながら内階段をのぼってくるのが見えた。石像の目は、いずれも不気味に赤く光っている。

とても下に降りられる雰囲気ではない。

ホームズと私はドアから飛びだし、建物の階段を上にむかって逃げだした。

三階分の階段を一気に駆けあがる。

ドアを開けると、屋上に出た。

暗鬱《あんうつ》な雲が低く垂れ込める空の下、広がっているのは死者の街《ゴーストタウン》だ。

その街並みは、私たちが見慣れたロンドンと瓜二《うりふた》つであった。

一瞬眺望に見とれた私たちは、気配に気づいて背後をふり返った。

黒い石像たちが、私たちを追って犇《ひし》めきあいながら階段をのぼってくる。重い石同士が触れあう、がちゃり、という音が聞こえる。ゆっくりと、だが、確実に近づいてくる。

脱出路を探して、きょろきょろと周囲を見まわした。

　こうなったら屋根づたいに逃げるしかない。

　目で距離を測り、隣の建物の屋根に飛び移る。助走をつけ、さらに別の屋根に飛び移った。

　途中、思いもかけない場所から黒い石像が現れ、行く手を阻まれる。そのたびに私たちは方向転換を余儀なくされた。

「しまった……」先を行くホームズが足をとめ、低く呟《つぶや》いた。

　ゴーストタウンはそこで〝終わり〟だった。街並みが不意に断ち切られ、その先は何もない。まったくの〝無〟だ。私たちは知らぬまに、モリアーティの計算どおりに街の端へと追いやられていたのだ。

　恐る恐る建物の縁から覗き見ると、ぽっかりとした深淵《しんえん》が口を開き、不気味な黒い闇がどこまでもつづいていた。

　隣で覗きこんでいたホームズのポケットからパイプが一本滑り落ちた。とっさに伸ばした手の指先をかすめて、パイプは深淵に落ちてゆく。どこまでも、どこまでも、底無しの闇に落ちていって、最後は闇に吸い込まれるように見えなくなった。

ホームズと私は深淵から顔をあげ、ごくりと唾《つば》を呑《の》んだ。

がちゃり、という不吉な音にふり返ると、屋上のドアからいくつもの黒い石像があふれるように姿を現したところだった。石像は後から後から現れ、私たちがいる屋上はたちまち黒い石像でいっぱいになった。逃げだそうにも、ゴーストタウンはここまでだ。来た途《みち》を戻ろうとしたが、行く手はすでに石像にふさがれていた。

じりじりと後ずさる私たちに向かって、不気味な石像たちが赤く目を光らせ、体を揺らすようにして近づいてくる。輪が絞られる。

もはやこれまでか、と観念した瞬間、足下から声が聞こえた。

「ホームズ先生！」

聞き覚えのある声の主は、ホームズの助手ネコ「カトー」だ。声がした方角に目を向けると、カトーが路上に立って両手をふっていた。

「飛び降りてください！　ワトスン先生も！」

カトーの指示に、ホームズと私は顔を見合わせた。四階建ての建物の屋上から飛び降りろというのは、いくらなんでも無茶ではないか。

再び路上に目をやると、カトーは傍らに止めた荷馬車の上を指さしていた。荷台には藁束《わらたば》がうずたかく積まれ、その上に「飛び降りろ」ということらしい。

「両先生！　さ、早く！」

ホームズと私はもう一度顔を見合わせた。が、石像たちが目の前に迫り、もはや逃げ場はない。

私たちは覚悟を決めて屋上からジャンプした……。


二人とも藁束の上に無事着地できたのは幸運としか言いようがない——どうやら、落ちてくる私たちに合わせてカトーが荷馬車をうまく移動させてくれたらしい。

「ホームズ先生、ワトスン先生、お怪我はありませんか？」

荷馬車の御者席からカトーが声をかけてきた。

「……大丈夫だ」

私は藁屑《わらくず》まみれの自分の体を点検し——犬の姿であることを除けば——どこも異常がないことを確認して答えた。但し、さすがに目がまわっている。

「私も……何とか。どこも壊れていないようだ。やっ、ここにあった」

ホームズが藁束の間からシルクハットを拾いあげ、頭に乗せて、カトーに言った。

「おかげで助かったよ。しかし、どうしてここが？」

「メアリーさんの指示です。ここで待っていれば、二人がきっと現れるはずだと」

私はハッとして体を起こした。ひどい目眩《めまい》など一瞬で吹き飛んだ感じだ。私はぶるりと一つ体をふって藁屑をはねとばし、御者席のカトーに詰め寄った。

「やっぱり、さっき見かけたのはメアリーだったのか？　それで彼女は――私の妻は、今どこにいるんだ？」

と急《せ》き込むようにたずねた。カトーは背後の通りをちらりとふり返り、

「説明はあとで。しっかりつかまっていてください！」

　そう言うなり、いきなり全速力《フル・スピード》で荷馬車をスタートさせた。私は反動で背後に飛ばされ、ホームズを巻き添えにして、積み荷のなかに転がった。

　カトーが駆る荷馬車は石畳の上を猛烈な勢いで走る。私は藁束のなかからなんとか這《は》い出した。おかげでまた藁屑まみれだ。

　背後を窺うと、複数の四輪馬車が砂塵《さじん》をあげて追ってきていた。驚いたことに、いずれの馬車の御者席にも薄ら笑いを浮かべたモリアーティが乗っている。

　カトーが駆る荷馬車が急角度で曲がり、狭い路地へ飛び込んだ。路地に干した洗濯物を突き抜ける。洗濯物がからんで前が見えなくなった。ふり払うと、唖然《あぜん》として見送るゴーストたちの姿が見えた。路地を抜けると、たくさんの屋台が並ぶ果物・花市場だ。カトーの荷馬車が危うく

屋台の一つにぶつかりそうになった。屋台の主のゴーストたちが拳《こぶし》をふりあげ、荷馬車に罵《ののし》り声をあげる。そこへモリアーティの四輪馬車が角を曲がって現れ、屋台を派手にひっくりかえして大騒ぎになった。

全速力で走る荷馬車の御者台から、カトーの声が聞こえた。

「わたしが追っ手をひきつけます。合図しますので、お二人は飛び降りてください」

「合図？」

「飛び降りる、ったって……」

ホームズと私は荷台の上で顔を見合わせた。

「建物のなかに隠れていてください。あとで迎えに来ます。さ、今です！」

カトーはそう言うと、信じられないような急角度で馬車を転回させた。

私たちは荷台から道端の植え込みのなかへと飛び込んだ——飛び降りた、というよりは、ふり落とされたという方が正解だ。どっちが上で、どっちが下なのかわからない。

私は手足をばたつかせて、植え込みのなかから何とか顔を出した。

遠くに、カトーの荷馬車が追っ手の四輪馬車を引き連れて走り去るのが見えた。一行はすぐに角を曲がって見えなくなった。

「ぷふぁ！」

ホームズが大きな息を吐いて、隣の植え込みから顔を出した。二人とも、今度は葉っぱまみれだ。

「なんて乱暴な野郎だ！」私はぶるりと一つ身震いをして葉っぱをふり落とし、悪態をついた。

「しかし、おかげで助かった。カトーに感謝しようじゃないか」植え込みから這い出したホームズは道端にほうり出されていたシルクハットを頭にのせ、丹念に葉っぱをつまみ取っている。植え込みのなかからステッキを見つけて肩にかつぎ、私をふり返って、

「さ、ワトスン、行こう」そう言って歩きだした。

「行くって、どこに……？」

顔をあげると、ホームズが向かう先には見慣れたギリシア風の白亜の建物——。大英博物館《ブリティッシュ・ミュージアム》であった。

第五章　「小惑星の力学」

大英帝国が世界に誇る「大英博物館」は、ここゴーストタウンでも辺りを払う威風を放つ堂々たる巨大建築物だ。

現世では多くの観光客で賑《にぎ》わう大英博物館は、しかしゴーストタウンではなぜか人気がないようで、周囲は閑散としていた。正面の幅広の階段をのぼった先、イオニア式柱の脇にある受付にも、案内人はおろか警備員一人の姿さえ見えない。

ホームズはカトーに指示されたとおり、大英博物館の建物のなかに隠れて迎えを待つつもりのようだ。〝カトーに指示されたとおり〟という部分が気に食わなかったが、といってほかに良い案も思い浮かばす、私は仏頂面のままホームズのあとについていった。

館内は森閑として、私たち以外に誰かいるような気配はまったく感じられなかった。無人の、そして〝死〟の博物館だ。

磨きあげられた大理石の床を歩みながら、私はホームズを見あげてたずねた。

「あれが、君が言っていた〝犯罪界の天才〟モリアーティ教授なのか？」

私はホームズから聞かされたモリアーティ教授の噂を思い出した。〝ロンドン一危険な人物〟〝恐るべき悪の帝王〟といった人物評だ。現世では結局本人に会う機会は一度もなく、ライヘンバッハの滝に私たちを追いかけてきたモリアーティ教授はホームズを道連れにして姿を消した。

私がモリアーティ教授を目にしたのはさっきが初めてということになる。

初対面がいきなり巨大な蜘蛛《くも》の姿だ。八本の手足と、長い二本の牙《きば》、口から不気味な糸を吐く、邪悪な雰囲気を身にまとった人面蜘蛛。しかも彼はこの世界の住人《ゴースト》たちから光を奪い、黒い石像に変えて自由に操る力を持っているという。

ホームズの理論仮説によれば、それこそがモリアーティ教授が長年こうあれかしと望んでいた彼の理想の姿ということになる。組織犯罪の網を張り、網の中心で獲物がかかるのをじっと待っている蜘蛛の姿は、なるほどホームズが話してくれたモリアーティ教授にふさわしい。

だが、さっき私たちを追ってきた何台かの馬車の御者席に彼の姿が見えた。

「モリアーティが何人もいるとは聞いていなかった。本当にあれがモリアーティ教授なのかい？」

私はホームズを見あげて、もう一度たずねた。双子どころか、三つ子か四つ子以上でないと合わない計算だ。

ホームズは上の空の様子であった。

「モリアーティはあの論文を完成させていたのか？『小惑星の力学』……あの理論を用いれば、世界の成り立ちそのものが変わってしまう。しかし、まさか本当にそんなことが……」

ぶつぶつと独り言を呟《つぶや》くばかりで、質問の答えにはまるでなっていない。

「ホームズ！」

一声高く吠《ほ》えかけると、ホームズはびくりと肩をすくめ、我に返った様子で私を見おろした。

「なんだ？　どうした、ワトスン。ふむ？　僕が買ってやった首輪、よく似合っているじゃないか」

「……ホームズ」と私は今度は低く唸《うな》った。

「すまない。何の話だっけ？　ああ、モリアーティ教授。そう、彼がモリアーティだ。間違いない。いや、違う。僕が知る限り、彼は双子でも三つ子でもない。何人も見えたのは、彼が生み出した幻影だよ。飛びかかっても、体を突き抜けただろう？　それが証拠だ。あの時だって、よく見れば奴の体が薄く透けていたのがわかったはずなのだがね。モリアーティの本体はどこか別の場所に潜んで、己の幻影を操っているのだ」

そう答えながらも、何か別のことに気をとられているのは彼の口調から明らかだった。

「『小惑星の力学』というのは何なのだ？」

私はホームズの独り言を思い出してたずねた。

「世界の成り立ちそのものが変わってしまう？　モリアーティ教授はいったいどんな論文を完成させたというのだ。ホームズ、君はモリアーティについて何を知っている？」

ホームズは足をとめ、短く沈黙した。それから、降参したように軽く両手をあげ、再び歩きだすと、私にこんな話をした。

「モリアーティは英国の名門の生まれで、ごく幼いころから立派な教育を受けて育った人物だ。彼が二項定理に関する優れた論文を発表してヨーロッパ中の注目をあびたのは弱冠二十一歳。彼の名は一躍、欧州で最も優れた数学者の一人として知られた。だが、その後彼が発表した『小惑星の力学』は、欧州中の学会に多大なる物議と、混乱をもたらすことになった。

『小惑星の力学』は最新の純粋数学を駆使した、難解極まりない論文だ。科学雑誌の記者程度の知識では歯が立たず、批評できる者が一人もいなかったと言えばおよそ想像がつくだろう。専門の学者たちの間でも意見が分かれた。彼らはモリアーティの論文をさまざまな角度から検討して、この論文が非常に危険な要素を含んでいるという点で一致した。論文は結論部分が未完成のまま発表され、途中の重要な数式がいくつかわざと伏せられていたために、この論文のいったいどの部分が、どれほど危険なものなのか、専門の学者たちでさえ正確に理解することができなかった。『この論文は惑星同士を激突させ、消滅させる危険な理論だ』と主張する学者もあったくらいだ」

ホームズの話を聞いて、思い出したことがあった。かつてホームズは天文学にまるで興味を示さなかった。何しろ、私と出会ったころの彼ときたら、地動説や太陽系組織をまったく知らなかったくらいである。偶然そのことを知った私は、あまりの異常さにほとんど信じがたい思いがしたものだ。

ホームズによれば、人間の頭脳はもともと小さな空っぽの部屋のようなもので、そこに入れるべき知識は入念に選ばれるべきであり、手当たり次第〝がらくた知識〟を頭にほうり込むくらい有害なことはない、ということだった。ホームズにとって犯罪捜査に役に立たない天文学の知識は無用の長物であった。ところがある時期、ホームズが天文学の書物を大量にむさぼり読んでいたことがあった。私が話しかけても一切反応がなく、それ自体はいつものことなので放っておいたのだが、あのときホームズはモリアーティの『小惑星の力学』の研究に没頭していたのだ。

「僕の理解では、あの論文は専門の天文学者が考えるよりずっと危険な代物だった」

ホームズは眉骨《まゆぼね》を寄せるようにして言った。

「モリアーティの論文は一見小惑星の運動を記述するように見えながら、実は〝質量と運動は等価であり、かつ時間や空間とも交換可能だ〟と主張しているのだ。あるいは、天文学の予備知識を持たない僕だからこそ、数式の表面上の意味にとらわれることなく論文の本質を理解できたのかもしれない。物資の質量、時間、空間、それに運動を加えたものは、古くは〝フォー・エレメンツ〟——神がこの世界をつくるさいに用いた永劫《えいごう》不変の四大要素と見なされてきた。ところがモリアーティは〝四大要素は互いに変換可能である〟と主張している。神が署名《サイン》したこの世界の基本原理を、人間の知性が変えられる可能性を彼は初めて示したのだ。

ニュートン力学をはるかに凌駕《りょうが》する天才的なひらめきだよ。彼は〝時間そのもの〟から人類がかつて手にしたことのない莫大《ばくだい》なエネルギーを引き出す方法を示唆した。

もしそれが本当に可能なら、世界に対する人間の在り方そのものが変わってくる」

私はうんざりして足をとめ、後ろ足で首筋をぼりぼりと掻《か》いて言った。

「ホームズ、僕には君がいったい何の話をしているのかさっぱりわからないのだがね」

「理論を理解する必要はない。現象としては、こういうことだ」

ホームズはステッキをふりあげ、傍らの大理石の壁を勢いよく打ちつけた。

博物館の見事な大理石の壁に、えぐれたような深い傷痕《きずあと》がついた。

「ホームズ！　なんてことを！」

非難の声をあげた私に片手をあげ、ホームズは壁の傷に注目するよう指示した。

壁の傷がまばゆい光を発し、たちまち元の状態に戻った。

「妙だとは思わないか？」ホームズが私にたずねた。

「妙？」

「この街のことだよ」

「何を言っているんだ、ホームズ」私は唖然《あぜん》として答えた。「そりゃ、妙に決まっているさ。今の現象はいったいなんだ？　妙？　いや、何から何まで全部妙だ。この世界に来てからというもの、妙なことばかりで頭がおかしくなりそうだ」

「ちがうんだ、ワトスン。僕の言うのはそういうことではなく……」ホームズは左右を見まわし、ステッキの先で天井からぶら下がる電灯を示した。

「大英博物館に電灯が導入されたのは、一八七九年のことだ」

私は眉を寄せた。彼が何を言いだしたのか、理解しろという方がどうかしている。

ホームズは階段をあがり、踊り場の窓に近づいた。外から見つからないよう窓のすぐ脇に体を寄せると、無言のまま私に手招きして、ステッキの先で窓の外を見るよう示した。

私は階段を二段飛ばしで軽快に駆けあがった。犬の姿はこんなときは便利である。窓枠に前足をかけ、鼻先を突き出すようにしてホームズが示す方角を覗《のぞ》き見た。

「何が見える、ワトスン？」

「そうだな。国会議事堂《ウェストミンスター》、それにビッグベンだ」

「いいぞ。それじゃあ、ミルバンク監獄は見えるかい？」

「見えるね」

「動きはあるかい？」

「あるようだね」

「タワーブリッジはどうだい？」

ホームズがそう言ってステッキの先で示した方角に目をむけ、私は首を傾げた。

タワーブリッジはロンドン塔の南に建設中の巨大建築物だ。テムズ河両岸にゴシック風の巨大な橋塔を設け、上下二層に橋をかけて、大型船舶がテムズ河を通行するさいは下の橋が跳ね橋になるという画期的な近代構造物だ。何年も前から工事がつづけられていて、完成すればロンドンの新たなランドマークの一つとなるはずだった。

ところが、そのタワーブリッジの形がおかしかった。橋塔の基礎工事が辛うじて行われているだけで、折角進んでいた工程が何年も巻戻ってしまったかのようだ。

「レストレード警部のニュー・スコットランドヤードも見えない」ホームズが指摘した。「見えない、というか、そもそも存在していないんだ」

ホームズは窓際から離れ、ステッキを肩に階段をおりてゆく。私は慌ててあとを追った。

「ロンドンは単なる街じゃない。ロンドンは毎年毎年、生き物のように成長している。その増殖ぶりはあたかも、海底を覆いつくそうとする牡蠣《かき》のごとき勢いだ。ワトスン、君も知ってのとおり、僕の現世での趣味の一つがロンドンという大都会の成長ぶりを調べ、記録することだった。一見ロンドンに瓜二《うりふた》つに見えるこのゴーストタウンには、しかし僕が現世を離れた一八九一年のロンドンと比べて幾つか決定的に異なる点がある」

ホームズはそう言うと、記憶を呼び覚ますように目を細めた。

「例えばロンドンのランドマークの一つ、ビッグベン竣工《しゅんこう》は一八五九年。国会議事堂の主要部分は一八六〇年に完成している。大英博物館に電灯が導入されたのは一八七九年以降のことだ。タワーブリッジの着工は一八八六年。僕がイギリスを離れる前に最後に見た一八九一年四月には両岸の巨大な塔から延びる上部の橋《ブリッジ》がもう少しでつながるところまで工事が進んでいた。

一方、ニュー・スコットランドヤードが僕たちがよく知るあの場所に移ってきたのは、一八九〇年。ミルバンク監獄は同じ年に閉鎖されている」

私は眉を寄せ、自分が窓から目にした光景と、ホームズが数えあげたロンドンの変化を頭の中で突き合わせた。ホームズが言わんとすることが、ぼんやりと見えた。

国会議事堂とビッグベンは存在している。大英博物館内の電灯もついている。それぞれ、一八五九年、一八六〇年、一八七九年の出来事だ。一方、一八九〇年に移ってきたニュー・スコットランドヤードは存在していない。同じ年に閉鎖されたはずのミルバンク監獄が稼働している。そして、一八八六年に着工したタワーブリッジの工事のあの進行具合から推測すれば――。

私がパズルを組みあげる前に、ホームズが正解を口にした。

「このゴーストタウンは一八八八年のロンドンの特徴と酷似している。あえて限定すれば、一八八八年七月のロンドンだ」

「一八八八年七月？」私は眉を寄せて呟《つぶや》いた。記憶の隅に、何かがひっかかった。

「この街では時間が止まっている」ホームズは言った。「この街があたかも生き物のように変化を嫌い、元に戻るのは、さっき君が目にしたとおりだ」

「いや。しかし、だからといって……」

「この世界で僕に謎を持ち込んだ依頼人《ゴースト》のなかに、一八八八年七月以前に死んだ者は存在しない。全員が一八八八年七月以降にロンドンで死んだ者たちだ。限られた状況ではあるが、偶然とするにはあまりにも片寄った分布だ。これらの事実から何が推測できる？　思い切った仮説が必要だ。例えば〝この街は一八八八年七月に生まれた。そこで時が止まったまま、ロンドンで謎を抱えて死んだ者たちを吸収しつづけている〟といった理論仮説がね」

　私はさすがに呆気《あっけ》にとられた。

「それじゃ何かいホームズ。このゴーストタウンはあるとき一瞬で出来あがったというのか？　時間はそこで静止しているのだと？　いくらなんでも飛躍し過ぎじゃないか。『光あれ』。それじゃ、まるで聖書の文句だ」

「いや、まさにワトスン、君の言うとおりでね。僕の推理が当たっていれば、まさしくこれは神の業だ。ただし、僕たちがよく知っているキリスト教の神かどうかはわからないがね」

ホームズはしごく真面目な顔でそう言うと、傍らの館内表示にちらりと目をやった。そのまますたすたと廊下を歩いていく。彼が何を考えているのかは、相変わらずさっぱりわからなかった。

ホームズが向かったのは「インド美術品」と表示された展示室であった。

展示室を入ると、複数の手足や動物の頭をもつ恐ろしげなインドの神々の像が私たちを出迎えてくれた。

「シヴァ像」「ガルダ坐像」「サンヴァラ像」「マンジュシュリー坐像」……。

いずれも、私たちヨーロッパ人の目には「神」と呼ぶにはいささか奇怪な姿をした者たちだ。展示品に添えられた解説によれば、大英博物館に収蔵されているインド美術工芸品の多くは、もともとは神殿に収められていた品だという。

ホームズの後について通路を進むと、今度は狭い空間に信じられないほど数多くの人々が刻み込まれた古代インドのレリーフが現れた。

「仏教説話図」「転輪聖王《てんりんじょうおう》」「シビ王本生図」「釈迦《しゃか》入滅」といったもので、それぞれの物語が展示品プレートに短くまとめられている。

ホームズは収蔵品を一つ一つ意外なほどの熱を込めて見てまわっていて、声をかけるのが躊躇《ためら》われるほどだ。

「古代インドには、こんな神話が伝わっている」

ホームズは収蔵品に目をむけたまま、次のような妙な話をはじめた。

「原初、宇宙は混沌《こんとん》だった。そこには空間はなく、時間もなく、質量も運動も存在しなかった。混沌に秩序をもたらしたのがブラフマンだ。我々の概念でいえば、神に当たる存在だね。ブラフマンによって、混沌は時間と空間、質量と運動の四大要素に分化し、この世界が生まれた。

インドの宗教における究極の目的は、ブラフマンと自己の同一性を認識することだ。その奥義に達した者は時間を操る力を持ち、複数の空間に同時に存在することが可能となる。彼は不死であり、同時に世界を破滅させるほどの力を手にする」

ホームズが足を止めたガラスケースには、象の顔、複数の手をもつヒンドゥー教の神の像が展示されてあった。ホームズはガラスケースに顔を寄せ、

「時間とエネルギーが交換可能だというモリアーティの論文は、まさに古代インドにつたわる神話そのものだ。『小惑星の力学』のある箇所で、モリアーティは時間とエ

ネルギーの変換を可能にする物質の存在を示唆している。彼は、古代インドに伝わる〝神の石〟こそがその物質だったと指摘しているのだ」

そう言うと、唐突に私をふり返ってたずねた。

「一八八八年七月、インド、と聞いて、何か思い出すことはないかい？」

私は再び眉《まゆ》を寄せ、ある可能性に思い当たった。

「君はまさか、ショルトー事件のことを言っているのか？　僕がメアリーと出会うきっかけとなったあの事件に、モリアーティが関わっていたのだと？　しかし、あの事件はとっくに解決済みのはずだ。ロンドン警察も、それに君だって、あのときはモリアーティが事件に関与している可能性など少しも指摘しなかったじゃないか。いまさら何を言いだすんだ」

私は息が詰まり、それ以上言葉をつづけることができなかった。

メアリー・モースタン嬢が我らがベーカー街二二一Bを初めて訪れたのは、ホームズの指摘どおり、たしかに一八八八年七月のことであった。彼女は行方不明になった父・モースタン大尉に関係して奇妙な手紙を受け取り、その謎を解いてもらうためにホームズを訪ねてきたのだ。私たちが謎を追う過程で、故モースタン大尉がインド赴任中に経験した奇怪な出来事が遠く離れたロンドンで殺人事件となって浮かびあがり、最後はテムズ河で汽艇《ランチ》を使った一大追跡劇となった。途中、野蛮な毒矢が乱れ飛ぶ危険な場面もあったが、おかげで私はメアリーと知り合い、その後結婚することができた。私がホームズと経験したなかでも、最も思い出深い事件である。

〝一八八八年七月〟と聞いたとき、記憶の隅に何かがひっかかった。だが、愛するメアリーと、邪悪な蜘蛛《くも》の姿のモリアーティ教授に関係などあろうはずがない、あってたまるものか。私はそう思って無意識につながりを排除したのだ。

ホームズは、私の気持ちなどおかまいなく、軽く頷《うなず》いて言葉をつづけた。

「ボンベイ駐屯第三四連隊のショルトー少佐が、インドからひそかに持ち帰ったアグラの大財宝——時価五〇万ポンドは下らないといわれる莫大《ばくだい》な財宝が、あの奇怪な殺人事件の謎を解く鍵《かぎ》だった。当時は僕もそう考えていた。ロンドン警察も五〇万ポンドの財宝を巡る事件ということで、奇怪な殺人事件が起きた理由を納得したのだ。

だが、思い出してみたまえ、僕たちはアグラの大財宝がどんなものであったのか、実際には一度も目にしていないのだ。テムズの底に沈んだ財宝の詳細は、遠く南洋アンダマン諸島の牢獄《ろうごく》から脱走してきた義足の囚人、ジョナサン・スモールの証言があるだけだ。財宝をスモールに盗まれたと主張したショルトー少佐の息子、双子の弟のサディアス・ショルトーにしたところで現物を目にしたわけではない」

「どういうことだ、ホームズ？　まさか君は、あの事件には別の真相があったというんじゃないだろうね」

「そのまさかだよ、ワトスン」彼は嬉々《きき》として言った。「故ショルトー少佐がインドから持ち帰ったアグラの大財宝は、僕たちがあの時点で想像したような単なる財宝ではなかった。少なくとも、財宝の中に僕たちの想像を絶する何かが含まれていた――そう考える方が自然なのだ。あの不可解なショルトー事件は、裏でモリアーティが糸を引いていた。我々は、モリアーティの掌《てのひら》の上で踊らされていたのだ。我々が殺人事件の解決に奔走している裏で、モリアーティは密《ひそ》かに狙いのものを手に入れた。そして、それがこの街、即ちゴーストタウンの成立に深く関係している。僕はそう睨《にら》んでいるのだよ」

あまりに意想外のホームズの推理に、私はただ顎《あご》が外れたようにあんぐりと大きく口をあけた。解決したはずのショルトー事件は、実はまったく別のものだったというのか？

「ここに収められているのは大英帝国による略奪の歴史だ」

ホームズは視線をあげ、ぐるりと周囲を見まわすようにして言った。

「わが大英帝国は世界中に植民地を築きあげ、各地から多くの貴重な品々を本国に持ち帰った。ギリシアからパルテノン神殿彫刻《エルギン・マーブル》や黒絵壺《つぼ》、ローマからはモザイク壁画やネロ皇帝像といったものだ。エジプトから『死者の書』や歴代のファラオのミイラを持ち帰り、メソポタミアからは古代ウル王朝の秘宝『茂みの中の山羊』を、アッシリアからは『ライオン狩りの浮き彫り《レリーフ》』、ペルシャからグリフォンの銀杯《リュトン》。遠くアジア・中国から唐三彩の見事なラクダの焼き物や殷《いん》王朝時代の青銅器、インドから貴重な仏像や舎利容器、各種の神の像や絵図を持ち帰った。

大英博物館に収められているのは正規の品――言い換えれば、イギリスが正規に略奪してきた品という意味だ。世界各地から非正規に略奪され、ひそかにイギリスに持ち込まれた品は数え切れない。インドに派遣された英国軍人ショルトー少佐がインドから持ち帰ったアグラの大財宝もその一つだ。

思い出してみたまえ、ワトスン。あの事件の発端は、インドでショルトー少佐の部下だったモースタン大尉の一人娘メアリーに、謎の人物から手紙が送られてきたことだった。『今夕七時、ライシアム座外の左から三本目の円柱まで来られよ。御身は不当に虐待されたる女性なれば、正義の補償をうくべきなり。疑わしくば、二人の友人を同伴さるべし』。

封筒の消印はロンドン南西区局、一八八八年七月七日。このゴーストタウンが発生したと思《おぼ》しきタイミングと正確に一致する。とても偶然とは思えないくらいにね。しかも彼女は幼いころ、インドに赴任した父親に連れられてインドで長く暮らしていた。彼女の父モースタン大尉は、インド赴任中のショルトー少佐にとって一番親しい部下だった。これも偶然にしてはあまりにも出来過ぎている。

そう、ワトスン。僕は、事件後、君の妻となったメアリー・モースタン嬢が、このゴーストタウンの成立について何か関係している——少なくとも何か知っているはずだと考えている。極めて高い蓋然《がいぜん》性をもった疑いだ」

「やめろ、ホームズ！」私は背中の毛を逆立て、ホームズに吠《ほ》えかかった。「クソッ、なんてことを！　とんだ言いがかりだ！　いくら君がメアリーを好いていないからといって、言って良《い》いことと悪いことがある！」

「僕が、メアリーを好いていない？」ホームズは足をとめ、訝《いぶか》しげに呟《つぶや》いた。

「隠しても仕方あるまい。僕が彼女と結婚してからというもの、君はメアリーが在宅しているときは、僕たちの新居に決して遊びに来てくれないじゃないか。君が顔を出すのは決まってメアリーが外出しているときだ。君のことだ、どうせ外から見てメアリーが外出しているか否かくらい一目で推理できるんだろう。君が僕の結婚をおもしろく思っていないのは知っているが、それにしたって、あんまり露骨すぎる」

「それは違うよ、ワトスン。僕がメアリーに近づかないようにしているのは別の理由だ」

　ホームズは首をふり、ステッキを肩にかついで再び歩きだした。

「彼女には、はじめて依頼人としてわれらが二二一Bを訪れた時点で、他の依頼人にはない不思議な気配を漂わせていた。事実、彼女に会った瞬間から、ワトスン、君の言葉は無茶苦茶になってしまった。時間の観念もだ」

「まさか！　そんなことがあるものか」

「いやはや、ワトスン、あのときの君ときたら！」

　ホームズは肩をすくめ、私の口調を真似て、

「〝インドで野営中、真夜中、突然マスケット銃がテントをのぞきこんだので、僕はあわてて二連発の虎の子をそいつにむかって発射したのです〟」

　上ずった調子でそう言うと、ちらりと私に目をむけた。それからまた同じ口調で、

「〝ひまし油を一度に二滴以上飲むのはたいへん危険です。鎮静剤としてはストリキーネを大量に飲むのがよいでしょう〟」

　私は仏頂面で黙り込んだ。たしかに、どちらも私がメアリーに初めて会った日に口

にした台詞《せりふ》だ。

ホームズはそのまま大英博物館内の図書館に入っていく。中は円形の大閲覧室だ。

「ショルトー事件について発表した君の手記も読ませてもらったがね。なんだいあれは？　記述が論理的でないのは、いつものことだから大目に見るにしても、君はある場面では日付を七月と書いておきながら、そのすぐ後の場面では九月と書いている。君の手記をいくら読んでも、ジョナサン・スモールやショルトー少佐がいつ英国に帰国したのかさっぱりわからない。あの手記はたいして売れなかったようだが、売れなくて正解だ。

メアリーに会う以前、君の時間の観念はいくらなんでもあそこまでひどくなかったはずだ。どうやらメアリーは、近くにいる者に非論理的な影響を及ぼす力があるらしい。特にワトスン、君に対してはそうだ。僕がメアリーと一緒にいる時の君に近づかない理由は、君が彼女の非論理的な影響を受けているからだ。そんなときの君は、話をする相手としてはいささか疲れるのでね。しかし、だからといって、僕がメアリーをきらっているわけではない。それはまた別の話だ」

「おお、ホームズ……」ホームズの言い訳を聞いて、私は思わず首をふった。彼がメアリーを避けている理由が、そんなところにあったとは思いもしなかった。

言うまでもなく、ホームズは決定的な勘違いをしている。

「いいか、ホームズ」私は人の感情というものを少しも解さない友人に、噛《か》んで含めるように言った。「僕がメアリーに会った瞬間からおかしくなったとしたら、それは僕が彼女に一目ぼれしたからだ。言い換えれば、彼女に恋をしたからだ。なるほど恋愛は、君の理解の範疇《はんちゅう》ではあるまい。だが、それならそうともっと早く言ってくれればよかったのだ。そうしたら、僕がちゃんと説明を……」

私が言い終えるまえに、頭の上から懐かしい声が聞こえた。

「ジェイムズ！　ホームズさん！」

顔を上げると、閲覧室二階につづく階段の上にメアリーが立っていた。

第六章　再会

私は我を忘れ、全速力で階段を駆けあがってメアリーに飛びついた。

メアリーは両手を広げて、犬の姿となった私を抱きとめてくれた。私が思わず彼女の顔をぺろぺろなめると、くすぐったそうな顔をしている。気がつくと、私は知らぬ間に盛大に尻尾《しっぽ》をふっていた。尻尾がぱたぱたとメアリーに、また自分にも、勢いよく当たって邪魔なくらいだ。

最初の驚きと喜びがようやく静まった後、私は改めてメアリーを眺めた。

小柄で華奢《きゃしゃ》な体格にブロンドの髪。口元に優しい笑みが浮かび、何より知的な光をたたえた青い目が彼女の変わらぬ魅力である。メアリーはほとんど黒ともいえる濃い灰色の、襞《ひだ》も飾りもない簡素なドレスを着て、頭には片側に白い羽根をつけた同じ色合いのターバン風の帽子をかぶっていた。街で見かけた時と同じ服装——やはり彼女だったのだ。メアリーは普段から品の良い地味な服装を好み、私はもう少し華やかな恰好《かっこう》をすれば良いのにといつも勧めていたが、そのたびに彼女は微笑して首をふるばかりであった。

かつてのメアリー・モースタン嬢の知的で優しい笑顔は、結婚後メアリー・ワトスンと名乗るようになったあとも、変わらず私を魅了しつづけている。

「ワトスン。非理性的ふるまいは、まあそのくらいにしておきたまえ」

ふり返ると、階段の下でホームズが「そら見たことか」というような皮肉な笑みを浮かべて立っていた。猫のカトーがホームズの足に寄り添い、なだめるように長い尻尾をからめている。記憶を呼び起こし、そう言えばメアリーの声が聞こえたとき、彼女の足下にカトーの姿があったことを思い出した。

軽く赤面したものの、私はすぐにメアリーにむきなおり、

「会えてうれしいよ、メアリー」

そう言った後で、ある可能性に思い当たって愕然《がくぜん》とした。

「待てよ？　ここは死者の街だ。メアリー、なぜ君がここにいる？　まさか、君が死んだなんてことは……」

メアリーには、ゴーストタウンの住人特有の変化が見当たらない。私がよく知っているメアリーそのままだ。メアリーは生前から自分自身の姿を思い描いていたという

ことか？　それとも——。

「いえ。そうではないの、ジェイムズ」メアリーは首をふって言った。眉《まゆ》をひそめ、困惑した表情を浮かべて、「そうではなくて……」

言い終わる前に、突然、ずしん、という鈍い響きとともに足下の床が揺れた。

私はメアリーを護《まも》るべく、すべての足に力を入れてふんばり、辺りを見まわした。耳を立て、背中の毛を逆立てる。

そこへまた、ずしん、という鈍い響き。つづいて床が揺れた。

何が起きているのかわからない。が、いずれにしても外だ。

私はホームズと顔を見合わせ、同時に駆けだした。

全速力で大英博物館の大理石の廊下を駆け抜ける。途中、曲がり角で足を滑らせながらも何とか体勢を立て直して建物の外に走り出た。

大英博物館の正面階段の上に立ち、ゴーストタウンを一望する。

ずしん、という破壊音とともに、少し離れた場所で三階建ての家屋が崩れ落ちた。

崩れた場所が、一瞬の後、まばゆい光に包まれる。

ホームズの理論では、時間が止まったこの街ではすべてが〝元に戻る〟はずだ。だが、壊れた家屋は元の姿に戻らず、光が消えたあとに奇怪な黒い建築物が出現した。

鈍い破壊音と振動が響くたびに、街のあちらこちらで建物が崩れ落ちる。一瞬後、まばゆい光に包まれ、光が消えると、そのあとに奇怪な黒い建築物が現れる。建物の外壁に取りついた何かが蠢《うごめ》いていた。目を凝らすと、闇が淀《よど》むように黒く蠢いているのは人の顔をした蜘蛛《くも》であった。正確には、蜘蛛の姿をしたたくさんのモリアーティだ。破壊が起きた場所では必ず無数の人面蜘蛛が糸を吐いて、巣をかけるようにして黒い物体を積みあげている——。

黒い物体の正体に気づいて、私はあっと声をあげた。積みあげられているのは、黒い石に変えられたこの街の住人《ゴースト》たちだ。

「何てことだ……」私は思わず呟《つぶや》いた。

気がつくと、両足の間に尻尾が丸く垂れていた。尻尾の先がおなかにつきそうだ。

「ワトスン！」

ホームズが指さす方向に目をむけると、巨大な蜘蛛の姿をしたモリアーティが博物館正面階段の下で薄ら笑いを浮かべて私たちを見あげていた。

「こっちもだ」ホームズが別の場所を示した。少し離れた場所に、別のモリアーティの姿が見える。

左右を見まわすと、何人ものモリアーティが同時に姿を現すところであった。いずれも路地の奥で会ったモリアーティと同じ顔、同じ姿をしている。

モリアーティは見る間に数を増し、私たちはなす術《すべ》もなく取り囲まれてしまった。

「どうなっている？」私はホームズの足にぴたりと背中をつけてたずねた。「こいつらは体が透けて見えない。モリアーティが生み出した幻影じゃないのか？」

「ジェイムズ！　ホームズさん！」メアリーの声が聞こえた。

ふり返ると、メアリーが博物館の入り口に立っていた。

「彼らの正体はこの街の住人です。モリアーティのように見えているだけ。額の光が消えれば、彼らを支配する力も消えるはず。何とか切り抜けて……。建物のなかに戻ってきてください」

メアリーはそう言って、祈るように両手を顎《あご》の前で組み合わせた。

なるほど、私たちを取り囲むモリアーティたちの額、〝第三の目〟と呼ばれる場所に、赤い光が浮かんでいる。

「何とかしろ、ホームズ！　額の光だ」

「簡単に言ってくれるね、ワトスン。まあ、やるだけやってみるさ」

ホームズはそう呟くと、ステッキをクルリとまわして半身にかまえた。ホームズはフェンシングの経験がある。めったに披露《ひろう》しないが、棒術、拳闘《けんとう》も達人《マスター》の腕前だ。

ホームズは早速、一番近いモリアーティに向かってステッキを鋭く突き出した。見ていた私がほれぼれするような動きだったが、モリアーティはゆらりと体を揺らしてホームズの突きを空ぶりさせた。ホームズの顔に、おや、という表情が浮かんだ。彼はすぐに体勢をととのえ、二度、三度と踏み込んで連続攻撃を試みた。そのたびにモリアーティはゆらゆらと体を左右にふって、ホームズの攻撃をかわしつづける。

ホームズはステッキを引き、踏み込んだ足を元に戻した。

「だめだ、ワトスン。僕の技術では通用しない。完全に動きを読まれている……」

ホームズは困惑した口調で私に言った。

その間にも、大勢のモリアーティたちがゆらゆらと体を揺らすような動きで、ゆっくりと、しかし確実に輪を縮めてくる。

私は耳を伏せ、背中の毛を逆立てて低く唸《うな》った。

絶体絶命、という言葉が頭に浮かんだ。

その時、モリアーティたちの頭上を飛び越えて、すぐ目の前に黒い影が着地した。

「ホームズ先生、ワトスン先生、ご無事ですか？」

ふり返ったのは、助手猫カトーだ。彼は片側を紐《ひも》でつないだ妙な棒を二本、首からぶらさげていた。

「ここは私が何とかします」

カトーはそう言ったが、私にはネコ風情にこの状況が何とかできるとはとても思えなかった。

カトーは後足で立ちあがり、周囲を囲むモリアーティたちに向きなおった。半身のかまえで「ふうーっ」と呼吸を整える。

首からかけていた二本の棒を顔の前に掲げ、最初はゆっくりと、徐々にスピードをあげてふりまわしはじめた。二本の短い棒がまるで生き物のようなしなやかな動きでカトーの体の周囲を駆けまわり、ただの一度も体に触れることがない。

　目の前で披露される不思議な技に、モリアーティたちは困惑したように動きをとめた。

「ニャッ！」

裂帛《れっぱく》の気合とともに鞭《むち》のように棒が伸びて、近くにいたモリアーティの額の赤い光を打ち抜いた。赤い光を打たれたモリアーティは棒立ちになり、その場にくずおれる。

「ニャッ！　ニャ、ニャ、ニャッ、ニャーッ、ニャッ！」

カトーは妙な声をあげながら目にもとまらぬ速度で棒をくりだし、周囲を囲んだモリアーティの額の光を次々に打ち抜いた。

地面に倒れたモリアーティは黒い靄《もや》に包まれる。靄が消えると、それぞれ異なった姿の黒い石に変わった。

「あれは〝ヌンチャク〟という、アジア古来の武器だ」ホームズが小声で教えてくれた。「カトーは大英博物館展示品を持ち出したんだ」

「ニャッ！　ニャ、ニャ、ニャッ、ニャーッ、ニャッ！」

カトーの見事なヌンチャクさばきのおかげで輪の一角が崩れ、活路が開かれた。

「さあ、いまです！」

カトーはヌンチャクを首にかけて駆けだした。ホームズと私は急いでカトーのあとを追った。

周囲から伸ばされるモリアーティたちの何本もの手をかいくぐるようにして大英博物館の階段を駆けあがり、間一髪、何とか建物のなかに走り込んだ。通路の奥で待っているメアリーのそばまで駆け寄り、ようやく足をとめて、背後をふり返った。

後を追って来たモリアーティの一人が、建物の入り口で目に見えない壁にぶつかったように弾《はじ》け飛んだ。つづいて別のモリアーティが、やはり同じように見えない壁に阻まれる。

その後もモリアーティたちが次々に姿を現し、建物に入ってこようと挑んでは、ことごとく跳ね返された。

何がどうなっているのか、見当もつかない。

「これが〝石〟の力なのか……」とホームズがカトーに顔をふりむけてたずねた。

「博物館に結界《バリア》が張ってあった。だから、建物のなかで待てと言ったのだね？」

「すみません。先にお伝えしておくべきでした」

カトーはそう言って申し訳なさそうに頭をさげた。

「いったい、何の話をしている？」私はホームズとカトーを交互に見てたずねた。

「〝石〟の力？　結界だって？　僕にもわかるように説明してくれたまえ」

「詳しい説明はあとだ、ワトスン」

ホームズは跳ね返されても跳ね返されても突撃を繰り返すモリアーティたちをステッキの先で示した。

「あの様子じゃ、結界もいつまで持つかわからない。ひとまず安全な場所に移動するとしよう」

ステッキをくるりとまわし、先に立って博物館の廊下を歩きだした。

ホームズの足下にカトーが付き従い、そのうしろを私とメアリーが並んで歩く形に自然となった。私は時折視線をあげて隣を歩くメアリーの顔を窺《うかが》った。そのたびにメアリーは強《こわ》ばった笑みで応《こた》えるだけだ。彼女がゴーストタウンにいる理由は依然として不明であった。

ホームズは確信に満ちた足どりで、博物館の通路を奥に向かって進んで行く。私はいったんメアリーの側を離れ、ホームズに追いついて小声でたずねた。

「僕たちはどこに向かっているんだ？」

「それについては、メアリーに聞きたまえ。彼女の方が詳しいはずだ」

私は首を傾げ、うしろを歩くメアリーをふり返った。メアリーはやはり、強ばった笑みを浮かべるだけだ。

ホームズは迷う様子もなく通路を進み、角を曲がる。時々ステッキをくるりとまわす。向かった先は、何のことはない、先ほど私たちが飛び出してきた大英博物館の円形図書室であった。

ホームズは円形図書室の入り口で立ち止まり、左右を見まわした。すぐに歩みを進め、先ほど立っていた場所と寸分違《たが》わぬ同じ位置に足を置いた。

「さっきメアリーとカトーはあの場所に現れた」

ホームズはそう言って、ステッキの先で階段の上を示した。

「あの場所に行くには、ワトスン、君が駆けあがった階段を使うしかない。全体の見取り図からもそのことは明らかだ。我々が入って来た時点で、図書館の二階にメアリーとカトーの姿は見えなかった。隠れる場所もない」ステッキをさげ、ぐるりと視線を一周させた。「あの階段はずっと僕の視界に入っていた。階段をあがる二人の姿は見ていない。それにもかかわらず、二人はあの場所に現れた」

ホームズは私をふり返ってたずねた。「これらの事実からどんな推論が可能だろうか？　ワトスン、君の推理を聞かせてくれたまえ」

「しかし、ホームズ、推理と言われても……」

「『あらゆる可能性のなかから完全にあり得ないことを取り除けば、残ったものはいかにありそうにないことでも事実に間違いない』。唯一考えられる可能性は、大英博物館図書館の構造上は本来存在しない、別の通路が、あの場所に存在するということだ」

ホームズはそう言うと階段を駆けあがり、さっきメアリーとカトーが現れた場所で足をとめ、ふり返って、さあ、という顔になった。

「さすがホームズさん、お見事な推理ですわ」

メアリーが口を開いた。私の隣を離れ、ドレスの裾《すそ》をつまむようにして階段をあがっていく。私は訳がわからぬまま、慌ててメアリーのあとを追った。

ホームズは階段をあがってきたメアリーに軽く会釈をして、場所を明け渡した。

階段上には古い本がぎっしりと詰まった本棚が並んでいる。メアリーはその本棚の一角を見つめた。

ふいに空間が揺らめき、本と本の間から黄金色の光があふれ出た。

本棚が消え失《う》せ、光り輝く空間がその場所に出現した。

メアリーはちらりと背後をふり返り、無言のまま、吸い込まれるように光の中に歩み入った。

「さあ、ワトスン。僕たちも行くとしよう」

ホームズは啞然《あぜん》としている私にそう言うと、メアリーにつづいて光の中に歩み入った。ホームズの姿が光の中に見えなくなる。

足下に目をやると、カトーは長いしっぽをゆらりと揺らせていた。お先にどうぞ、というような澄ました顔つきが、妙にしゃくにさわる。

私は一つ大きく息を吸い、思い切って光の中に足を踏み入れた。

たちまち視界がまばゆいばかりの光に包まれた。

第七章　メアリーの秘密

しばらくの間は何も見えなかった。

私はその場に足をとめ、眩《まぶ》しさのあまりきつく目を細めた。やがて水の中でわきたつ細かな砂金がしずまるように、きらきらとした光の粒子が薄く拡《ひろ》がっていって、ようやく視界が戻ってきた。

何度か目を瞬《しばた》いた後、私は周囲を見まわして茫然《ぼうぜん》となった。

私が立っているのは、黄金色に光り輝く草原のまっただ中であった。

ふり返ると、背後にも黄金色に輝く草原が広がっていた。たったいま、私が潜ってきた光の扉《ゲート》──大英博物館図書館につながる空間は影も形も見当たらない。左右どっちを見まわしても、黄金色に輝く草原がどこまでもつづいているばかりだ。黄金色の草原の面《おもて》を黄金色の風がさわさわと渡っていく。

目をあげると、真っ青な空を白い雲がゆっくりと渡っていくのが見えた。どこから

人々が、金色の影のように行き交っていた。黄金色の野を縦横に歩く彼らは一瞬鉢合わせしたように見えても、ぶつかることなく、お互いを〝擦り抜けて〟進んでいく。声は聞こえなかったが、金色の影同士が擦り抜ける際、微《かす》かに鈴が鳴るような音が聞こえた。

金色の影が行き来する黄金色の野をしばらく歩いた後で、ホームズがメアリーに並んで声をかけた。

「さあ、そろそろ話してくれたまえ。大英博物館を護《まも》っていた結界は君の力だ。君は如何《いか》にしてその力を得たのか。君は、このゴーストタウンの誕生にどこまで関与しているのだ？」

「ホームズ！」私は吠《ほ》えつくように口を挟んだ。「メアリーがゴーストタウンの誕生に関与しているだって？　何を馬鹿なことを！」

「いいのよ、あなた《ジェイムズ》」とメアリーが言った。「ホームズさんのおっしゃるとおり。わたしは、このゴーストタウンの誕生に責任がある。たぶん、モリアーティ教授と同じくらい」

「おお、メアリー。何ということを……」私はうわ言のように呟《つぶや》いた。ウソだ。何かの間違いだと言ってくれ。

「わたしはインドで生まれました」

メアリーは私に微かに笑みを浮かべた後、きっぱりとした表情で話しはじめた。

「連隊将校だった父が結婚後まもなくインド駐在を命じられ、妊娠中だった母が望んでついて行ったのです。けれど、もともと病弱だった母はむこうの気候が体に合わなかったのでしょう、わたしを生んだ後は床に伏せっていることが多かったそうです。病弱な母に代わってわたしを育ててくれたのは、近所に住むインド人の乳母でした。

少し大きくなると、わたしは乳母の家に遊びに行くようになりました。インドではよく見られることですが、彼女の家は一族が同居する大家族で、一族のなかで〝大婆《おおばば》さま〟と呼ばれる長老が最も尊敬されていました。わたしは大婆さまから大変可愛がられ、わたしの方でも最初から彼女になついていたようです。

幼いわたしは、大婆さまからインドに伝わる色々な話を聞いて育ちました。たとえば、この世界の始まりについて。あるいは、ラーマ王子と猿たちのさまざまな冒険について——。

幼いわたしが大婆さまの話を正確に理解できたとは思えません。わたしはただ大婆さまの話しぶりが面白くて、乳母の家に遊びに行くと必ず大婆さまに話をねだり、夢中になって聞いていただけでした。

やがて母が亡くなると、わたしはイギリスに送り返されることになりました。その頃インドではイギリスに対する反乱が相次ぎ、幼い子供を安心して育てられる環境ではなくなっていたのです。

イギリスに帰る直前、わたしはもう一度乳母の家を訪ねました。みなに別れを告げ、最後に大婆さまに挨拶《あいさつ》に行くと、大婆さまはわたしを近くに呼び『この石の力はそなたに受け継いでもらうことにするよ』そう言って、しわだらけの手に握っていた黄色い石をわたしに見せました。石は不思議な光を放っていました。わたしが見とれていると、大婆さまは『よく聞いておくれメアリー、イギリス人たちはこの国からすべてを持ち去ろうとしている。いずれ〝神の石〟も持ち去ることだろう。けれど、あの力はイギリス人には理解できない。間違った力の使い方をすればこの世界は滅びてしまう……。イギリスに帰るそなたに、この石を預ける。そのときが来たら、どうかこれを使って〝神の石〟の力を封じておくれ』そう言って、わたしをそっと抱き締めました。耳元で、大婆さまが呪文《じゅもん》のようなものを唱えるのが聞こえました。気がつくと、大婆さまの手から黄色い石が消えていました。その代わりに、鏡に写ったわたしの額に黄色い光が浮かんでいたのです」メアリーはそう言って言葉を切り、息を継いだ。

「イギリスに送り返されたわたしは、その後十七歳になるまでエジンバラの寄宿制女学校で過ごしました。卒業後は住み込みの家庭教師として働き、そのうち幼い頃のインドでの記憶は、夢の中の出来事のような、ぼんやりとしたものになっていました。そんなとき、わたし宛《あて》に小さなボール箱が送られてきたのです。箱に入っていたのは真珠が一粒。手紙も何もついていません。気味悪く思いながら真珠を眺めているうちに、わたしは不思議な感覚に襲われました。インドでの記憶が鮮やかに甦《よみがえ》り、大婆さまの言葉をはっきりと思い出したのです。次の瞬間、わたしはあることを確信しました。この真珠と一緒に〝神の石〟がイギリスに持ち込まれた。誰かがインドから〝神の石〟をイギリスに持ち帰ったのだと。そのときは……まさか、わたしの父が関わっていたとは思いもしませんでしたが……」

　メアリーは形のよい眉をひそめて言葉をつまらせた。私は彼女の手に、そっと頭を押し当てた。

「君のせいじゃない。君は何も悪くないさ」

「ありがとう、ジェイムズ」メアリーは唇の隅に微笑を浮かべ、小さく息を吐いて先をつづけた。

「その後、毎年一度、わたし宛に差出人不明の小包が届くようになりました。いずれも高価な真珠です。わたしにはそれらがインドから盗まれたものだとわかりました。

けれど、わたしにはどうしてよいのかわかりませんでした。イギリスに〝神の石〟が持ち込まれた？　力が間違ったふうに使われるのを阻止しなければ、世界が滅びてしまう？　イギリスではそんな話をしても笑われるだけです。わたしは誰に相談してよいかさえわからなかった。そんなとき、あなた方のお噂を耳にしたのです。どんな不可解な事件も見事に解決してくれるという、二人の探偵のお噂を」

「そして君は、一八八八年七月七日にベーカー街を訪れた」ホームズが口をはさんだ。

「我々が調査した結果、インドに伝わるアグラの大財宝を盗んでイギリスに持ち帰ったのは、君のお父上ではないことが判明した。主犯は、お父上の上司のショルトー少佐。彼が囚人のジョナサン・スモールを裏切って財宝を独占した。お父上のモースタン大尉は、むしろショルトー少佐の犯罪的行為を正そうとして、亡くなったのだ」

「ええ、そうでしたわね。それは、たしかにそうなのですが……」

「だが、あの事件にはさらにもう一つ裏があった。君にはそれがわかっていた。事件の陰で、何者かがイギリスに持ち込まれた〝神の石〟を手に入れた。それがモリアーティ教授であることにも、君は気づいていたはずだ」

　ホームズの指摘に、メアリーは唇を嚙《か》んだ。

意味不明の二人のやり取りを横で聞きながら、私はメアリーと知り合うきっかけになったショルトー事件を思い返した。

事件は、故ショルトー少佐が〝アグラの大財宝〟を密《ひそ》かにイギリスに持ち帰ったことに端を発する。

財宝を使って裕福な暮らしをしていたショルトー少佐は、ある日アンダマン諸島の牢獄《ろうごく》から囚人の一人が脱走したという手紙を受け取った。財宝は、その囚人と仲間四人から卑劣な手段で彼が横取りして、イギリスに持ち帰ったものだった。脱獄囚の影に怯《おび》えるショルトー少佐は、財宝を誰にも知られぬ場所に隠したまま急死。その後、ショルトーの二人の双子の息子は財宝のありかを探しまわった。彼らがメアリーに接触したのも、故モースタン大尉が一人娘のメアリーに何か手掛かりを残したのではないかと考えたからだ。ショルトー兄弟は敷地をくまなく掘り返し、屋敷を解体して、ようやく財宝のありかを突き止めた。その直後、双子の兄バーソロミューが何者かによって殺害され、財宝が煙のごとく消えうせる。

調査の依頼を受けたホームズ（と私）は、現場に残された手がかりから脱獄囚ジョナサン・スモールの存在に気づく。最後はテムズ河で警察の汽艇《ランチ》を使った一大追跡劇を経て、スモールを逮捕。事件は無事解決した。

以上がアグラの大財宝を巡るショルトー事件の概要だ。

肝心の財宝は、もはや逃げられないと悟ったスモールがテムズ河にばらばらに投げ捨てて、そのまま行方知れずとなった。

「時価五〇万ポンドの財宝がからんでいる以上、殺人事件が起きても不思議ではない。あのときは、誰もがそう考えた」

沈黙したままのメアリーに代わって、ホームズが口を開いた。

「実際、ロンドン警察は財宝を巡る殺人事件として処理している。被害者は、故ショルトー少佐の双子の息子の一人、バーソロミュー。私たちが彼の屋敷に到着したとき、彼は鍵の掛かった部屋《ロックド・ルーム》の中で死んでいた。彼の死亡を最初に確認したのは、ワトスン、君だ」

急に話題をふられた私は、面食らって目を瞬《しばた》いた。

たしかにあの事件では、私とホームズ、メアリー、それに双子の片割れサディアスが到着した時点で、屋敷の主であるバーソロミューが鍵《かぎ》の掛かった部屋の中で不気味な笑みを浮かべて死んでいた。

部屋に入った私は医者として彼を診察し、心臓停止を確認して「死亡」を宣言した。顔に浮かんだ悪魔的な笑いは急激な身体硬直に襲われたためだと思われる。未知のアルカロイド系毒物が使われた可能性が高い——そう診断をくだした。

「ホームズ、君は僕の医者としての判断が間違っていたというのか？」

「間違いとは言えないまでも、未知の現象に対していささか性急な結論であったかもしれない」

「心臓停止と死後硬直が認められたんだ。診断に間違いないよ」

「あの部屋の様子を覚えているかい？」ホームズは深く窪《くぼ》んだ眼窩《がんか》を細めるようにして言った。「正面の壁にはガラス栓のついた瓶がずらりと並び、テーブルの上にはブンゼン灯だの試験管だのレトルトだのといったものが所狭しと置かれていた。部屋の隅には、蔓《つる》で巻いた大きな甕《かめ》入りの強力な酸類。あの部屋はあたかも化学実験室のようだった。実験に必要な設備が、すべて揃っていた」

「何が言いたい？」

「モリアーティがあの事件に関わっていたのは五〇万ポンドの財宝が目当てではない。彼の目的はただ一つ、財宝に含まれていた〝神の石〟を手に入れることだった。おそらくモリアーティは小惑星の運動を計算して、ロンドンの時空にひずみが生じていることに気づいたのだろう。彼は何者かがインドから〝神の石〟を持ち帰ったことを確信した。そして、インドからの帰還者を片っ端から調べあげ、故ショルトー少佐に行き着いたのだ。

モリアーティは故ショルトー少佐の息子の一人バーソロミューに近づき、一見何の価値もない黒い石一つを渡すことと引き換えに、財宝の隠し場所を教えた。財宝の箱を開け、〝神の石〟を手に入れたモリアーティは、財宝発見に浮かれるバーソロミューの傍らで早速石の力を発動させた。彼はバーソロミューの時間を止め、そこから取り出したエネルギーで異次元にゴーストタウンを発生させたのだ」

私はあっと声をあげた。ホームズが言うように〝神の石〟の力で時間が止められたのだとすれば、心臓停止や身体の極度の硬直（あの悪魔的な笑み！）は必ずしも死亡を意味しなくなる——。

「現世にいたころ、僕はある事実が奇妙に思えてならなかった」ホームズは言葉をつづけた。「モリアーティがロンドンの暗黒界に君臨し、多くの犯罪の影で糸を引いているのは明らかだった。窃盗、脅迫、陰謀、殺人。どんな悪事を働いても、モリアーティは決して捕まらない。ただ彼の手下たちが捕まるばかりだ。手下をいくら尋問しても、彼らは絶対にモリアーティの名前を出そうとしない。モリアーティが彼らを強い力で操っているのは明白だった。暴力や金銭慾《よく》だけでは、複雑な犯罪者の心理を完全に支配することは不可能だ。犯罪者たちがなぜモリアーティにかくも服従しているのか。その理由がどうしても謎だった。

もしモリアーティが〝神の石〟の力を用いて時間を操り、死者の復活を犯罪者たちに見せつけていたのだとすれば、その謎が解ける」

「死者の復活？　待てよ、ホームズ。それじゃ、バーソロミューはまさか……」

「モリアーティの片腕として働く男の正体が、僕の調査をもってしても結局、最後までつかめなかった」ホームズは頷《うなず》いて言った。「おそらく彼が、死から甦《よみがえ》ったバーソロミューだったのだろう。彼は顔と名前を変え、犯罪者たちへの伝道師となった。死者の街《ゴーストタウン》から甦った者として、モリアーティへの絶対的服従を犯罪者たちに説いていたんだ」

私はホームズが披瀝《ひれき》する推理に、唖然《あぜん》とするばかりであった。

たしかに、犯罪者の多くはキリスト教の教会から破門された者たちだ。教会が説く天国と地獄の分類でいけば、圧倒的に地獄組が多い。彼らに対して、モリアーティは地獄ではない別の死後の世界を提示した。

モリアーティは時間を支配し、死者を復活させることができる。

その力を目の当たりにした犯罪者はモリアーティにひれ伏し、絶対的な帰依を誓うことになる――。

「なんてことだ。それじゃ、モリアーティが真の意味でロンドンの暗黒界に君臨するようになったのは、ショルトー事件がきっかけだったというのか……」

「現時点ではまだ、推測にすぎないがね」ホームズはパイプをくわえ、メアリーにちらりと目をやった。

私は隣で歩みを進めるメアリーをふり仰いでたずねた。「君は本当に、あの事件にもう一つ裏があることに気づいていたのかい？　モリアーティが事件に関与していることにも？」

メアリーがこくりと小さく頷くのを見て、私は信じられない思いで首をふった。

「わからないな？　なぜだ？　なぜそんな大事なことを、なぜこれまで僕に一度も話してくれなかったんだ？　君と結婚して三年。その間、僕が一方的に君に恋をしていただけだというのかい？」

「ちがいます！　それはちがう……」メアリーは首をふって言った。「ジェイムズ、あなたには何度も打ち明けようとした。けれど、どうしても言えなかった……あなたに嫌われるのが怖かったから……」

彼女の言葉に、私は思わず盛大に尻尾《しっぽ》をふっていた。それだけ聞けば、もう充分だ。あとは何も要らない。

朴念仁《ぼくねんじん》のホームズは、私とメアリーのやり取りなどまるで気にかけぬ様子で話をつづけた。

「なぜ自分がこの世界に転生したのか？　僕にはそれが謎だった。この世界《ゴーストタウン》に存在するのはロンドンで死んだ者たちだけだ。なぜこの世界で僕が唯一の例外なのか？　スイスのライヘンバッハの滝で死んだ僕が、この世界に転生したのはなぜなのか？　鍵はモリアーティにあった。モリアーティはライヘンバッハの滝でわざと僕を道連れにした。そうすることで、このゴーストタウンに僕を引きずり込んだのだ。残る問題は、なぜモリアーティが僕をこの世界に引きずり込んだのか、その理由だが……」

「その謎は、わたしが解いてさしあげられると思います」

ホームズは、おや、といった様子でメアリーに顔をむけた。

「モリアーティがゴーストタウンで力を強めるためには〝光〟が必要だったのです」

「光？」

「この世界の者たちが持つ〝未来への希望〟ですわ」とメアリーは頷いて言った。

「〝光〟を集めることで、この世界でのモリアーティの力は強くなる。そのために、ホームズさん、彼はあなたの力を必要としたのです」

「モリアーティが僕の力を必要とした？　なんだってそんなことになるのだ？」

「この世界で〝光〟を集めるには二つの方法があります」メアリーは硬い表情でつづ

けた。「一つは、この世界の住人を繭玉にして光を抜き取る方法——蜘蛛《くも》が巣にかかった獲物を糸でからめ取り、自由を封じて、生き血を吸うのと同じやり方です。この世界で蜘蛛の力を得たモリアーティにはそれが可能でした」

メアリーの話を聞いて、私の脳裏に恐ろしい光景が浮かんだ。暗い路地裏の壁を垂直に降りてきたモリアーティは、うっかり糸に触れたネズミ顔のゴーストを繭玉にして光を抜き取った。繭玉は二つに割れ、中から黒い石と化したゴーストが転がり出た——。

たぶん、あれのことだ。

「けれど、巣を張って待ち受け、かかった獲物を一つずつ繭玉にして光を抜き取るやり方は手間が掛かります。〝光〟を集めるもう一つの方法。それが、ゴーストたちが抱える謎を解くことでした。謎が解かれたゴーストの額には光が現れる。その光に導かれて、彼らは現世の謎の前に立ち返るのです」

私は、あっと声をあげた。

ベーカー街二二一Bを訪れたゴーストたちは、ホームズに謎を解いてもらうと額に淡い光が浮かんだ。あの光に導かれて彼らは現世に戻り、もう一度謎に立ち向かう。

そのことにも、さらにもう一つ裏があるというのか？

「モリアーティはこの世界の住人の光を奪うことができる。現世に戻った後、どんな悲惨な未来が待っているのか示すことで、彼らを絶望させ、自ら光を手放すよう仕向けるのです。モリアーティにはその方がずっと容易だった……。モリアーティの力が強くなっている。無数の分身を生みだし、彼らを操ってこの街を変容させるまでに……わたしの力ではもはや干渉することがむずかしくなっている……」メアリーはそう言って暗い顔で唇を噛《か》んだ。

私はメアリーを慰めようとしたものの、うまい言葉が見つからなかった。ホームズに助けを求めるべくふり仰ぐと、どうしたことかホームズまでもが打ちのめされたような顔で呆然《ぼうぜん》としていた。

「何てことだ……。それじゃ、僕が依頼人の謎を解くことでモリアーティは力を得ていたのか？　モリアーティは最初からそのつもりで、僕をゴーストタウンに引きずり込んだ？　まさか、そんな……」

私は、ホームズとメアリー、二人の暗い顔を交互に眺め、眉《まゆ》を寄せた。

私に何ができる？

足をとめ、後ろ足で首筋を掻《か》いた。が、いくら考えても、良い考えは思い浮かびそうになかった。

大勢の異形のゴーストたちがベーカー街に立って、変容する街の姿を呆然と見守っていた。

街のあちらこちらで轟音《ごうおん》とともに建物が崩れ落ち、直後にまばゆい光が発生する。

ホームズの理論によれば、時間が止まったこの世界では壊れたものは必ず元の姿に戻るはずだ。だが、光が消えた後に現れ出た建物は、元の姿とは似ても似つかぬ奇怪《グロテスク》な形態に変容していた。

教会の天使や聖人像は異形のゴーストたちの姿の黒い石に置き換わり、壁画やステンドグラスも同様の奇怪な変化を遂げていた。黒い石と化したゴーストたちの顔には、いずれも見るもおぞましい恐怖と苦悩が刻まれ、周囲に不気味な黒い闇の気配を漂わせている……。

「ワトスン、君もすわったらどうだ」

ふり返ると、ホームズがパイプをくわえ、ソファーにすわって手足を伸ばしていた。

「後ろ足だけで立っているのは疲れるだろう。こっちに来て、まあ、パイプでもやりたまえ」

「ホームズ、何を呑気《のんき》なことを！」私は吠《ほ》えつくように言った。「それより、君もここに来て外を見たまえ。何が起きているか知ったら、君だって……」

「何が起きているかは知っているさ。大英博物館の前で見たからね」ホームズは肩をすくめた。「同じ現象を繰り返し見る必要はない。問題は、どう対処するかだ」

「何か良い案があるのかい？」

私は前足を窓枠からおろし、自分の椅子に飛び乗った。正直な話をすれば、いささか足がしびれてきていたのだ。

「さしあたって思いつくことはないが」とホームズはとぼけた口調で小首を傾げ、「焦っても仕方あるまい。僕たちにできるのは、目の前の謎を一つずつ解いていくことだけだ」

「目の前の、謎？」

「例えば、そうだな」とホームズは再びパイプをくわえ、ドア脇に控えるカトーに目をむけた。

「君はいったい何者なのだ？」

私ははっとしてカトーに視線をむけた。

「君は、日本から英国に派遣された建築技師ではない。そのくらいのことは最初から気づいていた。問題は、なぜ君が私にそんな嘘をつくかだ」

ホームズの言葉に、カトーは相変わらず澄ました顔で長い尻尾をゆらりと揺らした。

　カトーは尻尾《しっぽ》を器用に使って、まるで舞台役者が挨拶するようなお辞儀を返した。

「待てよ。ちょっと待て、ホームズ！」私は思わず声をあげた。「いまの会話はなんだ？　カトーは日本から派遣された建築技師じゃない？　最初から君に嘘をついていたということか？」

「まあ、そういうことになるね」

「訓練を受けた軍人特有の反応？　本国のためにフランス国内で情報を収集していた？」あることに気づいた。「それじゃ、まさか、カトーは日本軍のスパイ……」

「ちがうよ、ワトスン。それは君の勘ちがいだ」

「何が違うというんだ？」

「カトーが大英博物館から持ち出した武器を覚えているかい？」ホームズが私にたずねた。「危機的状況において、人はとっさに使い慣れた武器に手を伸ばすものだ。カトーが手にしたのは日本の伝統的武器ではなかった。彼は日本で訓練を受けたスパイではないということだ。カトーという日本人名も任務上の偽名だろう。僕が思うに、そう、彼はおそらく——」ホームズはパイプを手に、肩をすくめた。

「いずれにしても、現世での話だ。このゴーストタウンでは国籍など意味がないさ」

「だが、カトーが君に嘘をついていた事実は変わらない」私はホームズに食いさがった。「もしかするとカトーはモリアーティに雇われて、こちらの情報を密《ひそ》かに流しているのかもしれない」

「いや、ワトスン。それはない」ホームズは私の疑念に苦笑し、首をふって答えた。

「ゴーストタウンにおいて、モリアーティは住人たちの光を奪い、分身を生みだし、彼らを自在に操ることができる存在なのだ。彼がわざわざスパイを雇う必要はない。それに、君も見ただろう、大英博物館前でのカトーの活躍を。彼は見事にモリアーティの分身たちを撃退してのけた。君にあの真似ができるかい？　カトーが現世で何者であったにせよ、いまの僕たちにとって彼ほど頼りがいのある相棒はほかにはいないさ」

〝カトーほど頼りがいのある相棒はほかにはいない〟

ホームズが発した一言に私は黙り込んだ。プライドをひどく傷けられた感じだった。戸棚の上のカトーに目をむけると、素知らぬ様子で平然と顔を洗っている。その態度がまた頭にくる。これも〝犬〟としての性《さが》なのか？

私は椅子から飛び降り、メアリーに声をかけた。

「行こう、メアリー。ホームズの考えには、僕はとてもついていけない。外国の、しかもどこの国かわからないスパイなんかと、これ以上一緒の部屋にいられるものか。僕はいやだね。気分が悪い。僕たちは別行動にしよう。わが家に帰るんだ」

テーブルの下を覗《のぞ》き、寝室に駆け込んだ。ドアを開け、階段を見おろしたが、やはりどこにも見当たらない。最後に通りに面した窓のカーテンを引き開けようとした瞬間、背後でホームズが制止する鋭い声が聞こえた。

「だめだワトスン、開けちゃいけない！」

だが、メアリーを捜す私の耳には、ホームズの忠告などどこふく風だ。私はレースのカーテンを思いきり引き開け、窓から身を乗り出すようにして外の通りを眺めた。

部屋は二階だ。通りは一望できる。

右を見て、左を見る。

もう一度、右。

通りにメアリーらしき姿は見当たらなかった。いったいどこに消えたのか？

がっくりとうなだれた私は、ふと、妙なことに気づいた。

私の体の上を、小さな光る点が動いていた。まるで蜜蜂《みつばち》が小さな円を描くように、くるくると動きまわっている。

何かが記憶の隅にひっかかった。

顔をあげると、通りを挟んだ向かいの建物の窓にきらりと光るものが見えた。

「危ない、ワトスン先生！」

突然、頭の上から黒い影が落ちてきて猛烈な勢いで突き飛ばされた。

床に転がった私のすぐ目の前に、黒い影が着地する。

カトーだ。

助手猫カトーが戸棚から飛び降りざま私を突き飛ばした？　だが、なぜ？

カトーが半身になって窓をふり返る。

次の瞬間、窓が粉々に砕け、カトーの体が弾け飛んだ。

「カトー！」

そう叫んだとき、私はすべて思い出していた。

ホームズの葬儀の最中、私は何者かに狙撃された。撃たれる直前、胸の辺りに小さな光る点がちらちらと動いていた。顔をあげ、墓地に面した建物の窓でやはり何かがきらりと光ったのを認めた――。

思い出すのが遅い。

戸棚の上にいたカトーは、小さな光の点が何を意味するのか、私より先に気づいた。

そして、私をかばって代わりに撃たれたのだ。

見まわすと、クロスの掛かったテーブルの下から猫の尻尾の先がわずかにのぞいていた。撃たれた衝撃で、テーブルの下まで弾き飛ばされたらしい。

カトーに駆け寄ろうとした私の鼻先をかすめるようにして、何かが飛んできた。とっさに足を止める。目の前をまた何かが飛び過ぎた。

銀色に光る蜘蛛《くも》の糸だ。

金属のような光沢をもつ銀の糸が、壊れた窓の外から立てつづけに何本も撃ち込まれた。

糸はすべてカトーが消えたテーブル下にむかってまっすぐに伸びる。

テーブルががたがたと揺れ、何が起きているのか理解するまもなく、クロスの下から白い繭玉が現れた。

窓の外から伸びる糸に引っぱられた繭玉は、部屋中を暴れるように跳ねまわった。棚の上の実験用具がなぎ倒され、黒いタールが繭玉にかかる。そのまま、窓枠を破壊して部屋の外に飛び出していった。

繭玉が部屋から消えると同時に、呪縛《じゅばく》が解けた。私はホームズと顔を見交わし、二人一緒に窓に駆け寄った。

狙撃を警戒して、窓枠の左右両端に分かれる。ホームズと私はそれぞれ、見える範囲で外の様子を窺った。ベーカー街に繭玉は見えない。だが、繭玉はメアリーとちがって〝消えた〟わけではない。どこかにあるはずだ。どこだ？

「ワトスン、上だ！」

押し殺したホームズの声に、私は通りを見下ろしていた視線をあげた。

繭玉はすぐに屋根の上に見えなくなった。入れ替わりに屋根の上からモリアーティが顔を出し、ニヤリと笑った。

建物外壁を繭玉がずるずると引きあげられていくところだった。

「モリアーティ！」

私は唸《うな》り声をあげ、牙《きば》をむいてモリアーティに飛びかかろうとした。

残念ながら、この世界に於《お》いても私は壁を駆けあがる能力を持ち合わせていなかった。あやうく窓から落下するところを、背後からホームズに抱きとめられ、そのまま二人一緒に部屋のなかに後ろむきに転がった。

屋根の上を、巨大な蜘蛛が走りまわる音が聞こえる。

私たちは床に転がったまま天井を見あげ、足音の行方を目で追った。

「裏だ！」

私は一声叫ぶとホームズを蹴《け》飛《と》ばすようにしてドアを飛び出し、建物の裏にむかった。

裏窓は鎧戸《よろいど》が閉まっていた。

こんなとき犬の姿では少々やっかいだ。手間どっていると、後ろから駆けつけたホームズが鎧戸を開け、窓を大きく押しひらいた。

窓枠に前足をかけ、ホームズと並んで外を眺める。

蜘蛛の姿をした何匹ものモリアーティたちが、繭玉をかついで建物の屋根から屋根伝いに遠ざかっていくのが見えた。とても追いつけそうにない。

「やられた……」

窓際に並んで立ったホームズが、すぐ隣で無念そうに呟《つぶや》いた。

第九章　ホームズの逡巡

私たちは無言のまま、それぞれ肩を落として部屋に戻ってきた。通りに面した壊れた窓はいつのまにか元に戻っている。床に散らばっていたガラスの破片も見えない。〝すべては元に〟。ホームズの推理どおりだ。

ホームズは自分の椅子にドサリと腰をおろした。

「ワトスン、カーテンを閉めてくれたまえ……おっと。向かいの建物から姿を見られないよう、くれぐれも気をつけてやるんだぜ」

私はホームズの指示どおり壁際に沿って窓に近づき、ぶあついカーテンの端を口でくわえた。床すれすれに体勢を低くして、カーテンを閉め切る。

部屋のなかが暗くなった。

ホームズがマッチを擦り、机や暖炉の上に置いたランプに火を灯《とも》した。ランプの明かりに部屋のなかが照らしだされる。ホームズは短くなったマッチでパイプに火をつけた。

私は自分用の椅子にあがり、机の上にぺたりと顎《あご》を乗せた。

「思い出したよ……。そういえば、ハドソン夫人が話していた。僕たちがヨーロッパに出掛けたすぐ後、ベーカー街で事故があった。辻《つじ》馬車にひかれそうになった子供を助けて代わりに東洋人が死んだそうだ。そのときは、ライヘンバッハの一件で動顛《どうてん》していたし、葬儀の準備やなにかで忙しくて、すっかり忘れていたんだが……。ハドソンさんは『死んだ東洋人が何者だったのか身元がわからない』と言っていた。あれがカトーだったんだな」

ちらりと目をむけると、私の話を聞いているのかいないのか、ホームズは椅子に深くもたれてパイプをふかしている。

「こんなことになったのは、僕のせいだ」私はため息をついて言った。「この部屋にはメアリーが石の力を使って結界を張ってくれていた。この部屋にいれば安全なはずだったんだ。それなのに……僕がカトーに腹を立ててこの部屋を出て行こうとしたから、メアリーが動揺して隙ができた。さらに、君の忠告を無視してカーテンを引き開けたせいで向かいの建物から狙われることになったんだ。僕のせいだ。僕のせいで……僕の身代わりにカトーが撃たれ、繭玉にされて連れ去られた……」

ホームズはパイプを口の端にくわえたまま、チョッキのポケットから小指の先ほどの金属の塊をつまみ出した。金属は闇の中で不気味な緑色の光を発していた。

「これが床に落ちていた」

ホームズは緑色に光る金属の塊をランプの明かりにかざした。

「伝説の〝魔弾〟だ。僕も実物を目にするのは初めてだがね」

彼は深く窪《くぼ》んだ眼窩《がんか》を細めるようにして、言葉をつづけた。

「僕が知るかぎり、この弾を発射できるのは盲目のドイツ人機械技師フォン・ヘルダーが製造する特殊な空気銃だけだ。伝え聞くところ、フォン・ヘルダーは魔の谷で悪魔に出会った。彼は悪魔に魂を売り、代わりに恐るべき特製空気銃と〝魔弾〟の作り方を教わったのだ。悪魔に魂を売った彼は、死とともに塵《ちり》にかえるはずだった。おそらくモリアーティはフォン・ヘルダーを捜しだし、彼に別の死を提案したのだろう。ゴーストタウンへの転生。その結果、フォン・ヘルダーはモリアーティの配下となり、特製の空気銃と〝魔弾〟を差し出した」ホームズは緑色に発光する金属片から私にちらりと視線を移し、

「フォン・ヘルダーの空気銃から発射された〝魔弾〟を完全に防ぐことは、どんな結界をもってしても不可能だ。今回は向こうの方が一枚上手だった。君のせいばかりじ

ゃないさ」

私は無言で首をふった。ホームズはホームズなりに気をつかって色々話してくれたというわけだ。気づかいはありがたいが、この事態を招いた責任はやはり私にある。

「それで、メアリーは？　メアリーはいったいどこに行ったんだ？」

「彼女はどこかに行ったわけじゃない」ホームズは魔弾をチョッキのポケットにしまいながら答えた。「僕たちの目に姿が見えなくなっただけだ。そもそもメアリーはこのゴーストタウンの住人ではないのだからね」

「メアリーが……この世界の住人じゃないだって？」

意外な答えに、私は唖然《あぜん》となった。

「だって、メアリーはさっきまでそこに居たじゃないか。そこに居て、僕たちと話をしていた」

「僕たちが話をしていたのは、彼女の幻影だ。ワトスン、君もうすうすそのことに気づいていると思ったのだがね」

不意をつかれた思いで私は言葉を呑《の》んだ。言われてみれば、思い当たる節があった。メアリーはゴーストタウン転生の際に生じる変容の影響を受けていない。私の記憶の姿そのままだ。つまり――。

「メアリーは、死後、この世界に転生したわけじゃない。彼女の実体はいまも現世にある」ホームズは私に軽く頷《うなず》いてみせた。「彼女は自らの幻影を生みだし、現世とゴーストタウンを行き来することができる唯一の存在なのだ。それが、インドの大婆さまから授けられた石の力だろう。彼女はたった一人で、このゴーストタウンのモリアーティによる支配に抵抗してきたんだ」

　ホームズの言葉を聞くうちに、ある情景が脳裏に浮かんだ。

　私と結婚したあとも、メアリーは窓のそばに置いた籐《とう》椅子にすわって、ぼんやりしていることがしばしばあった。昼ならば開け放った窓のレースのカーテンごしに差し込む陽の光が、夜ならば花笠《はながさ》で包まれたランプの柔らかな明かりがメアリーの色白の顔を映しだし、金髪をふっくらと束ねる髪飾りに照り映えていた。片方の白い腕を椅子の横にだらりとさげた彼女の様子は、何か私の知らない悲しみに耐えているように見えた。そんなとき私が声をかけると、メアリーはいつもはっとした様子で身を起こした。一瞬目の焦点が合わぬように目を細め、すぐに喜びと優しさに満ちた笑みを私にむけた――。

　あのとき、メアリーは自らの幻影をゴーストタウンに生じさせて、モリアーティの力と闘っていたのではないか？　現世でも、悲嘆にくれる人たちは、まるで鳥が灯台に集まるようにメアリーのもとに集まってきた。彼女がもしホームズが言うような不思議な石の力を授かったのだとすれば、モリアーティによって絶望させられ、自ら光を差し出して黒い石に変えられるこの街の住人たちを放っておくことはできない。必ず手を差し伸べようとするはずだ。

「それならなぜ、メアリーの姿が見えなくなった？」私は混乱してたずねた。「彼女の身にいったい何が起きたんだ？」

「〝モリアーティの力がまた強くなった〟――メアリーはそう言い残した。強大になったモリアーティの力によって現世との通路を遮断されたのだ」

ホームズはパイプをくわえ、椅子に深々と身をしずめた。

「ワトスン、この事態に立ち至ったのは君のせいじゃない、むしろ僕の責任だ。……僕が、依頼人《ゴースト》たちが持ち込む謎を片っ端から解いてまわったせいなのだ」

ホームズはそう言うと、天井を見あげて絶望的なため息をついた。

気がつくと、ドアの外が何やら騒がしかった。どうやら私たちが部屋に戻ったことに気づいた連中が、謎を解いてもらうべく依頼に訪れたらしい。

私はホームズと目配せを交わし、ひとつ頷いて、ドアの外にむかった。

依頼人の謎を解くことで、モリアーティの力が強くなる。

そう知った以上、ホームズに謎を解かせるわけにはいかない。しかも、この街では依頼人たちが抱える謎は身体の変容として現れる。ホームズが彼らの姿形を一目見れば、そこに現れたささいなヒントを手掛かりに反射的に謎を解いてしまう可能性があるということだ。

ホームズを、迂闊《うかつ》に依頼人に会わせるわけにはいかなかった。

カトーならきっと、この役目を難なくこなしただろう。彼は東洋に古くから伝わる武術〝バリツ〟の使い手であるばかりでなく、ヌンチャクその他、見たこともない不思議な武器を巧みにあやつる能力をもっていた。おかげで、恐ろしげな姿に変容したこの街の住人《ゴースト》たちも、カトーの指示には素直に従い、柔順な羊のごとくふるまっていた。

犬の姿となった私に、はたしてその任務がつとまるだろうか？

私はぶるりと一つ首をふって、黒雲のように押し寄せる不安を追いはらった。

何と言っても私は〝シャーロック・ホームズの助手〟なのだ。このくらいのことは出来て当然だ。

ドアを開けた瞬間、私はたちまち大勢の異形のゴーストたちにもみくちゃにされた。

「ホームズ先生は中にいるんだろう？」

「入れてくれよ」

「なんで駄目なんだ」

「どんな謎でも解いてくれるはずじゃなかったのか」

依頼人たちは口々に叫びながら、私に詰め寄った。

私は鼻先をあげ、一声高く吠《ほ》えるように依頼人たちに申しわたした。

「ホームズはいま取り込み中だ。ひとまずお引き取りを！」

彼らは私の言うことなどまるで聞こうとしなかった。「なんで駄目なんだ」の一点張りだ。

突然、私の目の前に「2」と書かれた札がつきつけられた。「2」の札の持ち主はミイラ男の姿をしたゴーストだ。

「俺は番号札を持っている！　戻ったら謎を解くって約束だったはずだ。話がちがうじゃねえか！」

彼の発言に、周囲のゴーストが声をそろえて賛同した。

「そうだ、そうだ」

「約束がちがうぞ！」

近くにいた幽霊船乗組員風のゴーストが周囲を煽《あお》るように、

「こうなったら、かまやしねえ。みんなで中に入ろうぜ。みんな一緒にホームズ先生に謎を解いてもらうんだ！」

「それがいい。そうしようぜ」

「ホームズ先生！　俺たちの謎を解いてくれよ！」

もはや秩序も何もあったものではない。依頼人たちはドアの前に立ち塞《ふさ》がる私を押しのけて、部屋の中になだれ込む勢いであった。

そのとき、ゴトリ、と頭の上で音がした。ゴーストたちが一瞬鎮まり、顔を見合わせた。

屋根裏部屋につづく階段の上から、「ニャア」と猫の声が聞こえた。つづいて、階段の脇から猫の尻尾《しっぽ》がはみ出し、ゆらりと揺れた。

「あいつだ！」

「あのネコが降りてくるぞ！」

異形のゴーストたちは「わっ」と叫んだかと思うと、蜘蛛《くも》の子を散らすように逃げ出した。階段を踏み外し、転げ落ちる者さえいる。

ドアの前から、あっと言うまに依頼人たちの姿が消え失《う》せた。

私はいったい何が起きたのかわからず、呆気《あっけ》にとられていると、背後で二二一Bのドアが開いた。

ふり返ると、ホームズがドア枠に寄りかかるように立っていた。

「ご苦労、ワトスン」

ホームズはそう言いながら、ドア脇に垂れた紐《ひも》をひっぱった。

階段の上で「ゴトリ」と音がした。

ホームズが別の紐をひっぱると「ニャア」の声。さらに別の紐をひくと、階段脇で猫の尻尾がゆらりと揺れた。

ニャア。ゴトリ。尻尾。ニャア、ニャア。ゴトリ。ニャア。尻尾。

そういう仕掛けだ。

「これで、彼らもしばらくは来ないだろう」

ホームズは肩をすくめ、部屋の中に戻っていく。私は首をふり、尻尾を垂れてホームズにつづいた。

またしてもカトーのおかげである。悔しいが、認めざるを得なかった。

ホームズはドアを閉め、椅子のなかで膝《ひざ》を抱えてパイプをふかし始めた。

私は暖炉前の敷物の上に進み、ぐったりと体を伸ばした。

この先どうしてよいのか、見当もつかない。

時折、窓の外から建物が崩れ落ちる地響きが、遠く、あるいは近く聞こえた。この瞬間にもトラファルガー広場のネルソン像や大英博物館破風のギリシア風彫刻、ウエストミンスター大聖堂前に立ち並ぶ聖人像といったものが、奇怪なゴーストの形をした黒い石に次々に置き換えられているのだ——。

ゴーストタウンは次第に、そして確実に、私たちが知るロンドンとは似ても似つかぬ街に変容しつつあった。

「……モリアーティは、なぜ攻めてこないのだろう？」

私は頭に浮かんだ疑念をそのまま口にした。

「僕たちがここにいることは、街の住人たちさえ知っているんだ、モリアーティが知らないはずがない。彼はすでにメアリーの干渉をふりきって、この街を変容させるほど力が強くなっている。モリアーティの力に唯一対抗できたカトーも、繭玉にされて連れ去られた。メアリーもカトーもいない状況では、僕たちは彼に対抗するどころか、自分の身を守るすべさえない。それがわかっていながら、なぜモリアーティは攻めてこない？」

「だからさ」とホームズが呟《つぶや》くように答えた。私は頭を持ちあげた。

「僕は現世で一度、モリアーティを打ち負かしている。ささいな手掛かりをもとに彼の正体を暴き、追い詰め、彼の組織を壊滅させた。モリアーティがゴーストタウンに逃げ込まなければならなくなったのは、僕が彼を打ち負かしたからだ。

　モリアーティは自分を打ち負かした相手を決して許さない。僕には彼の気持ちが手に取るようにわかる。彼は僕に似ている。モリアーティは鏡に映ったシャーロック・ホームズだ。精神構造を取り出して裏返せば、僕とモリアーティはそっくりそのまま重なるにちがいない」ホームズはそう言って私をふり返り、力のない笑みを見せた。

「彼にとってこの状況は、自分を打ち負かした相手に復讐《ふくしゅう》する恰好《かっこう》の機会なのだ。モリアーティは僕に徹底的に敗北感を味わわせたいと考えている。この世界における自分の力を誇示し、僕たちからすべてを奪うことで、僕たちが——この僕が、自分から負けを認めて来るのを待っているのさ」

　それからホームズは天井を見あげ、舞台役者の台詞《せりふ》風に言葉をつづけた。

「〝優れた探偵は、ただ一滴の水から大西洋の大海原、またナイヤガラの大瀑布《だいばくふ》の存在を確定しうる。一粒の砂があれば、砂漠の何たるかを語ることさえ可能だ〟」

　ホームズの言葉に、私はにわかに勇気づけられた気がした。しっぽをふり、むっくりを身を起こした。

「そうともホームズ。君の探偵としての優れた能力をもってすれば、モリアーティに反撃するチャンスはまだ残っているはずだ」

「過去の出来事を順に追っていって、その結果がどうなったかを予測する。それが世の中の多くの人の考え方だ。探偵の考え方は、常人とは逆だ。ある奇妙な出来事を観察することで、何が、いったいどんな経緯を経て結果に至ったのかを遡《さかのぼ》って推理し、謎を解く。それが探偵のやり方だ」

「そうとも。だから僕たち常人の目には君がまるで魔法を使っているように見える」

ホームズは私にちらりと目をむけ、首をふった。

「この街では時間が止まっている。演繹《えんえき》法にしても、帰納法にしても、推理は過去に対して有効な手段だ。探偵は、事件を通じて過去に何が起きたのかを知ることができる。だが、未来を示すことはできないのだよ」

「未来だって？ しかし、そんなことは誰にも……」と言いかけて、私は言葉を呑《の》んだ。

「ゴーストタウンを支配するモリアーティには、それが可能だ。彼はゴーストタウンの住人に未来を見せる。依頼人は過去より未来を知りたがる。たとえモリアーティが示す未来が常に絶望的なものだとしてもだ」

　ホームズはそう言って、自嘲《じちょう》的に笑った。

「モリアーティの言うとおりだ。ここでは僕は無用の存在だ。いっそモリアーティに光を差し出して、石にしてもらった方がいいのかもしれない」

「何を言うんだ、ホームズ！　君が無用な存在だなんて！」

　私はぶるりと一つ身をふるわせた。

「誰もが解決不可能だと思ったいくつもの難事件を、君は見事に解決してきた。ささいな手掛かりから、不可解な事件の全容をいくつも解き明かしたんだ！　ホームズ、君がどんなに優秀な探偵なのか、この僕が一番よく知っている。モリアーティに自分から光を差し出す？　進んで石になるだって？　君らしくもない！　冗談でも、そんなことは二度と口にしないでくれたまえ！」

　衷心からの私の忠告にも、ホームズはただ苦笑するばかりだ。

「待てよ、ホームズ。まさか本気じゃないだろうね？」私はぞっとしてたずねた。返って来たのは、暗い沈黙だけだ。

　私はその場に飛びあがり、狂ったように部屋中を走りまわった。

「なんてことだ、ホームズ！　いったいどうした？　いまの君は、まるで僕が知っているホームズとは別の人間のようだ！」私は足をとめ、きっとしてふり返った。「そうだ。そうとも。ここにいるのは、僕が知っているホームズとは別人だ。クソッ！　大体、なんだ、そのヘンテコな姿は？　何が『僕の本質は頭脳にある。あとは、いわば付け足しのようなものだ』だ。『肉がなくなって、むしろせいせいしたくらい』、『これこそまさに、僕が長年思い描いていた理想の姿だ』だって？　バカか、君は？　そんな姿になったせいで、ろくに走ることさえ出来なくなったじゃないか。『なんてことだ。この体じゃ、うまく走れない……』。あのときの君の情けないかっこうときたら！　ロンドンの街をさっそうと走りまわっていた、あのシャーロック・ホームズはいったいどこに行ったんだ！」

「……ワトスン、いま何と言った？」ホームズが唐突に口を開いた。

私は眉《まゆ》を寄せ、質問に答えた。

「『ロンドンの街をさっそうと走りまわっていた、あのシャーロック・ホームズはいったいどこに行ったんだ』？」

「その前だ」

「『あのときの君の情けないかっこうときたら……』」

「ちがう！　もう一つ前！」

私は、少し考えて答えた。

『なんてことだ。この体じゃ、うまく走れない』？」

「うん、それだ！」

「だが、これは君が自分で言った言葉だぜ？」

ホームズはバネ仕掛けの人形のように椅子から立ちあがり、パイプをくわえ、手を背中でくんで、部屋のなかをぐるぐると歩きはじめた。

私はホームズの後をついてまわった。

「どうした、ホームズ？　何を思いついたんだ？」

ホームズは己の思索に夢中で、私の言葉など一切耳に入らぬ様子であった。

「カキは凄《すさ》まじく繁殖する。海底はなぜカキでいっぱいにならないのか……モリアーティの分身たちに私の棒術は通じなかった。一方で、カトーのヌンチャクは彼らの額の光を打ち抜くことができた……なぜだ？　待てよ？　だが、そんなことがあるだろうか……その可能性は……」

急に歩く向きを変えたので、私は危うく蹴飛《けと》ばされそうになった。ホームズはそれさえ気づかない様子だ。

ふいに足をとめ、部屋の隅のテーブルの上にじっと視線を注いだ。

私は首をふり、小さくため息をついた。ホームズがこんなふうになれば何をたずねても無駄である。答えは、自分で見つけるしかない。

ホームズが見つめるテーブルの上にはさまざまな物が乱雑に散らばっていた。バイオリンと弓、化学実験の道具類、羽根ペンに書きかけの書類といったものだ。散らばった書類の間になかば隠れるように、カトーが残していった東洋の武器〝ヌンチャク〟が見えた。

「『なんてことだ。この体じゃ……うまく走れない』……そうか。そういうことか……東洋の哲学では『多にして一、一にして多』……振り子と……蝶《ちょう》の羽ばたき……ひょっとしたら……」

ホームズは落ち窪《くぼ》んだ眼窩《がんか》を細め、私には相変わらず意味のわからぬ言葉を呪文《じゅもん》のように呟いた。

第十章　捜査開始

　ホームズは寝室にひきこもると、ほどなく水夫の服に着替え、首に下品な赤い布を巻いて出てきた。鏡にむかい、役者用の化粧箱を使ってなにやらごそごそやっていたが、ふり返ったときには、まぶたに白くて長い眉毛が垂れ下がり、両頰にもじゃもじゃのほおひげが伸びた一見あたかも年老いた海の古勇者《ふるつわもの》――但し、紫色の肌をした水死体――のできあがりである。

「出かけてくる」ホームズは言った。「この街《ゴーストタウン》全体の見取り図が必要だ。街の全体像が明らかになれば、モリアーティの力の限界も自《おの》ずと見えてくるはずだ。そこに、この世界の謎を解く鍵《かぎ》がある。何をおいても、まずこれだけはやっておく価値があると思う」

「僕も一緒に行こう」私はすぐに申し出た。「たしかに変装は君のお手のものだが、この世界でのモリアーティの力は強大だ。変装を見破られないともかぎらない。一人より、二人の方が安全だ」

「なに、見破られやしないさ」ホームズは紫色の顔で、にっと不気味に笑って言った。「街をあげて仮装行列のまっ最中だ。それに、この街を歩きまわるには、君と二人より、僕一人の方が安全だよ」

ホームズの指摘に、私は改めて我が身をふり返った。たしかに犬の姿からの変装はいささかやっかいではある。

「君はこの部屋に残ってくれたまえ。君には別にやってもらいたいことがある。君にしかできない役目だ」

ホームズは寝室から大きなブリキの箱を引っぱりだしてきた。箱を部屋の真ん中に据え、蓋《ふた》を開けると、なかには赤いテープで別々にからげた書類がぎっしりと詰まっている。

「こんな箱が、まだあと二つと半分ある」

ホームズは一番上の書類束を取りあげ、ふっと吹いた。埃《ほこり》が盛大に舞いあがる。

「全部、僕が関係した事件の資料だ。この書類に目をとおして、面白そうなものを選んで物語《ストーリー》に仕上げてほしい」

「そりゃ、僕は君の記録係だからね。喜んでやらせてもらうが……」

私はホームズがかくも大量の事件の記録を取っていたことに驚いた。

「これがモリアーティに対抗する捜査と、何か関係があるのかい？」

「むろんだとも」ホームズはきっぱりと頷《うなず》いた。「理由《わけ》あってこの時点で明かすわけにはいかないが、君の役目は僕がゴーストタウンを調査することと同じくらい、いや、それ以上に重要な意味がある。事件の選別やまとめ方については、君にすべて任せる。いいかい、くれぐれも頼んだよ」

私は首を捻《ひね》った。〝天下《あまがした》に新しいことなし〟。ホームズは過去の事件を洗い直すことで、モリアーティへの反撃のヒントを見つけだそうというのか？　しかし、現世での法則がこのゴーストタウンでも通用するものだろうか？

何にしても〝理由あってこの時点で明かすわけにはいかない〟、そう言いだしたホームズの口を開かせるのは牡蠣《かき》の殻を素手で開ける以上に困難だ。

「わかった。任せてくれたまえ」

「それじゃ、行ってくる」

老水夫水死体姿のホームズは、ずるずると足を引きずるようにしてドアを出て行った。見れば、床に点々と水滴が滴っている。相変わらず念の入った変装ぶりだ。

ホームズを見送ったあと、私は早速自分の仕事に取りかかった。

まずはブリキ箱のなかの書類に目をとおし、分類することからだ。書類は赤いテープでからげられていたが、調べてみると、予想どおりと言うべきか、必ずしも一つの事件でまとまっているわけでなかった。二つか三つの事件がごっちゃになっていたり、あるいは途中の捜査資料がごっそり抜けて、別の書類にまぎれていたりする。箱のなかにはそのほかにも色々と奇妙な品が無造作に突っ込んであった。たぶん事件に関係した証拠の品なのだろうが、ぱっと見ただけではどの案件と紐付《ひもづ》けしていいのかさっぱりわからない。

現世でも、ホームズは思索の方法こそ整然たる論理性を保ち、また外出するときの服装はいつも身奇麗で、きちんとしたものだったが、部屋での日常の起居《ききょ》ふるまいときたら、同居人ならば誰しももてあますにちがいない、無造作でだらしがない極端な二面性を持っていた。

私が同居していたころは、ベーカー街二二一Bにはいつもいやな臭いのする薬品や実験器具、それに犯罪関係の気味の悪い記念品が所せましと散らばっていた。しかもそれらが思いもかけないところへ紛れこんでいて、朝食を食べようとバター入れを開けた途端、なかから妙なものが飛び出てきたり、もっといやなものがいやなところから出てくることもあった。私もだらしがあるほうでは決してない。が、私のだらしなさには際限がある。葉巻を石炭入れのなかにしまっておいたり、きざみ煙草がペルシャ製のスリッパに入っていたり、返事を出すべき手紙を海軍ナイフでマントルピースの木枠の真ん中へ突き刺してあったりするのを見るたびに、私はあたかも自分が謹直端正な人物であるかのように錯覚したものだ。

ブリキ箱のなかの書類が実際はどんなふうであったか、これ以上語る必要はあるまい。

私は〝シャーロック・ホームズ唯一の助手〟としてのプライドをかけてせっせと書類に目を通し、ひとまず事件ごとに仮の名前をつけて分類した。「タルトン殺人事件の記録」「ヴァンベリという酒屋の事件」「ロシアの老婆事件」「アルミニウムの松葉《まつば》杖《づえ》事件」「蟹足《かにあし》のリコレッティとその憎むべき細君の事件」といったあんばいだ。

私が作業をつづけている間――幸い時が止まったこの世界では時間に追われるということがない――ホームズは何度か部屋に戻ってきた。たいていは、そのまま寝室にむかい、しばらく何かごそごそしているなと思っていると、出てきたときは、まったく別の姿のゴースト――頭に斧《おの》を打ち込まれた血まみれの男や、ピエロの顔をした独立教会の牧師――に変装していた。

その姿で私の作業の進捗《しんちょく》状況を確認し、「この事件と、この事件は別のものだ」と

いった間違いを指摘したり、あるいは顔をしかめて、

「こんなまとめ方じゃだめだ。新聞沙汰《ざた》になるような大規模で扇情的な事件より、むしろ事件そのものは小さなものでも、僕の本領たる総合推理の才能を発揮した案件を選んでくれたまえ。法律的には犯罪を構成しないもの、法律の埒外《らちがい》のものの方が、あんがい面白いものになると思うのだがね」

などと口を挟んだ。「すべて任せる」と言ったわりには、うるさくて仕方がない。

面倒になった私が逆に「君の方の収穫は？」とたずねると、ホームズは途端に渋い顔になり、そっぽをむいて、

「出かけてくる」

と言って部屋を出て行った。

何度かそういったことをくりかえすうちに、私もさすがにくたびれてきた。考えてみれば、この世界に来てから一度も休んでいない。少し休憩しようと思い、ソファーで丸くなると、急に眠気が襲ってきた。

自分の尻尾《しっぽ》を枕代わりに、いつのまにかうつらうつらしていたらしい。夢のなかでメアリーが優しい笑顔で私を覗《のぞ》きこんでいる。私は幸せな気分でほほ笑み返した。

カチカチ。カチ。カチ、カチカチカチカチ……。

妙な音で、目が覚めた。

目を開けると、いつのまに戻ったのか、パイプをくわえたホームズが食卓用のテーブルの椅子にすわって天井を見あげていた。異形のゴーストの変装を解き、部屋用のガウンを着た、いつもの――といっても髑髏《ドクロ》の顔のホームズだ。頭の後ろで手を組み、後ろに重心をかけて、椅子の二本の脚で器用にバランスをとっている。

食事用のテーブルの上には、さまざまな形をした、大小いくつもの振り子がならんで揺れていた。夢のなかで聞いたカチカチという音は振り子が揺れる際の音だったらしい。

私はぶんっと尻尾をふった。犬の姿では顔が赤くならないのがありがたい。ソファーを飛びおり、ホームズの隣に移動した。

「目が覚めたかい、ワトスン」ホームズは椅子の背にもたれたまま、私にちらりと目をむけた。「何か寝言を言っていたようだぜ。マイ、ディア、メアリー、とか、何とか」

現世でもホームズは捜査が行き詰まると、部屋で妙な実験に没頭する癖があった。〝仕事の転換は最良の休憩法なり〟と嘯《うそぶ》いていたが、部屋にいられなくなるほど猛烈な臭気の蒸気を発生させたり、ときには爆発が起きたりと、同居人の私や大家のハドソン夫人にとっては迷惑千万な困った癖である。

「何の実験をしているんだ？」

「見たとおりさ」

ホームズの返事は相変わらずそっけない。

私はテーブル板に前足をかけ、テーブルの上に所せましと並べられた振り子を見わたした。

糸の長さと重りの重さが異なる大小さまざまな振り子がテーブルの上で揺れていた。なかには、二本の棒をつないだ奇妙な二重振り子もある。たくさんの振り子がいちどきに、かつ別々の周期で揺れるさまは、ちょっと見は面白いが、長く見つめていると目がまわるようだ。

ホームズは頭の後ろで手を組み、暗く落ち窪《くぼ》んだ眼窩《がんか》を天井に向けて、何やらぶつぶつと呟《つぶや》いていた。

「東洋武術の奥義は型をもたないこと……押せば引き、引けば押す。流れに従うのみ……理性が描くのは理想の姿ではないのか？……モリアーティは『予定より早いが、まあいいだろう』と言った……ザゼンによるサトリの境地……サトリの化け物……」

「ホームズ？」

私の呼びかけにも、ホームズは反応しなかった。

「ホームズ！　ホーォーームズ！」

二度、三度と立てつづけに声をかけて、ようやくふりむいた。

「何だい、ワトスン？」

「何って」私は鼻白んだ。「ゴーストタウンの調査は、もう終わったのかい？」

「ゴーストタウンの調査？　うん。まずまずといったところだ」

ホームズはそう答えると、また天井に目をむけてぶつぶつと呟いている。

どうにも頼りない感じだ。

「ワトスン、君の方こそどうなのだ？」ホームズがひょいと私をふり返ってたずねた。

「君の作業は完了したのかい？」

「全部、というわけにはいかないがね」私は肩をすくめ、自分の机の前に移動して、すでにまとめた分の書類をホームズに示した。「ざっとこんな感じだ」

「どれどれ」

ホームズは報告書を受け取り、目をとおして首をふった。

「だめだ、ワトスン。もっと本気で取り組んでくれなくちゃ」

報告書を投げ捨て、頭の後ろで手を組み、椅子の二本の脚で器用にバランスをとって前後に体をゆらしている。

「これでもずいぶん本気で取り組んだつもりだがね」私はさすがにむっとして言った。「だいたい、君の過去の事件をまとめるのが、いったいなんの役に立つんだ？　こんなことをしていて、本当にあのモリアーティに勝つことができるのかい？」

「いい質問だ、ワトスン」ホームズは天井を見あげて言った。「何をすればこのゴーストタウンでモリアーティに勝てるのか？　何が役に立つのか？　その質問に対する正確な答えは『未来のことは誰にもわからない』だ」

「なんだって？」私は目を瞬《しばたた》いた。「だったら、僕は何をやっている？　何のために苦労してこんなことを……」

言いかけて、私はふとある気配に気づいて耳をそばだてた。

ふり返ると、部屋の隅にメアリーが立っていた。

「メアリー！　よかった、無事だったのだね」

私は尻尾をふってメアリーに駆け寄り、そこで足をとめた。

メアリーの様子が変だった。〝影が薄い〟という言葉があるが、部屋の隅に立つメアリーは、影どころか、存在そのものが薄い感じだ。姿がはっきり見えているかと思えば、急に薄くなって背後の壁が透けて見える。

メアリーが口を開いた。何か話しているようだが、声が聞こえない。

「……モリアーティの力の干渉を受けているんだ」

ホームズが椅子から立ちあがり、私の側に歩みよって囁《ささや》いた。

メアリーも状況に気づいたのだろう、悲しげな顔になり、小さく首をふった。唇をかみしめ、手をあげて部屋の壁を示した。

部屋の壁に——ホームズがピストルでV・Rと描いた壁だが——光と影がちらちらと動いている。路地の奥で出会ったモリアーティが、私たちに見せたのと同じ〝動く写真〟だ。

壁の〝動く写真〟は、ゴーストタウンの遠景を映し出しているようだ。

鉛色に低く立ち込めた暗い空を背景に、小さな光の粒がいくつも浮かんでいる。ふわふわとした動きで空にむかっていた光の粒が、ふいに動きをとめ、地上に引き戻される。もはや一つの例外もなく、すべての光の粒が地上に引き戻されている。

ゴーストタウン全体が黒い影に覆われている感じだ。

「モリアーティの力が……強くなっています」

メアリーの声に、私はふり返った。メアリーの姿が、さっきよりいくぶんはっきり見える。

「モリアーティは……ゴーストたちの光を……己の力に……現世にも……彼の分身が……」時折メアリーの姿が薄れ、それとともに声が途切れる。「……わたしの力ではもう……早くモリアーティを……」

懸命に私たちに何かを伝えようとするのだが、途中から声が聞こえなくなった。

メアリーの姿がゆらめき、薄れて、消えた。

私はメアリーが立っていた場所に走り込んだ。顔をあげ、耳を立て、鼻をひくつかせたが、何の気配も感じられなかった。

「メアリー、どこだ……。メアリー！」

きょろきょろと左右を見まわし、メアリーの名前を呼んだ。

「メアリー！　どこにいる？　どこに隠れているんだ……」

「ワトスン、しっかりしろ！」

がっしりとした手で肩をつかまれた。

ふり返ると、ホームズの髑髏の顔に怖いような決意の表情が浮かんでいた。

ホームズは片方の腕でテーブル上の振り子をすべて払いのけ、そこに大きな地図を広げた。

いる」

ホームズはそう言ったあと、ふり返って私にたずねた。

「どうする、ワトスン？　君も一緒に来るかい」

「ホームズ！　あたりまえじゃないか！」

「相手はあのモリアーティだぜ。しかも、さらに力を増している。どんな危険が待っているか予想もつかない」

「わかっているさ」私はきっぱりと頷《うなず》いた。

ホームズはパイプをくわえ、深く落ち窪《くぼ》んだ眼窩《がんか》を細め、机の上に積み上げた報告書の山に目をむけた。

「できれば、君を巻き込みたくはなかったのだが……」ホームズは独り言のように小さく呟《つぶや》き、煙を吐きだした。

「よしっ。それじゃ行こう、ワトスン。二人でモリアーティと勝負だ！」

ホームズは帽子かけから帽子とコートをとり、ドアノブに手をかけた。足をとめ、私をふり返って真剣な声でたずねた。

「ワトスン、僕を信用してくれるかい？　探偵としての僕の能力を」

「もちろんだとも」

「では、今後の行動は僕の指示に絶対的に従ってくれたまえ。たとえ、どんなに変な指示だと思ってもだ」

ホームズはそう言ってドアを開けた。

部屋を出て行く前に、私は見慣れた二二一Bをもう一度見わたした。ここから外は結界に護《まも》られていない。モリアーティが支配する危険な世界だ。彼に勝負を挑んで、私たちは——ホームズと私は、二人で再びこの部屋に帰ってくることができるのだろうか？

私はぶるりと一つ首をふって弱気の虫を追い払った。顔をあげ、胸を張ってドアの外に足を踏み出した。

第十一章　最後の対決

「表玄関から出るのはよそう」

階段を降りる途中、ホームズはそう言って裏窓から中庭に出た。

石炭小屋の屋根にあがり、塀伝いにモーティマー街に飛び降りる。

ちょうどそこへ通りかかった首なし御者が操る二輪馬車《ハンサム》を口笛を吹いて呼びとめ、ヴィクトリア駅まで行くよう命じた。

馬車を降りるとすぐに、異形のゴーストたちでごったがえす駅構内を足早につっきり、いきなり横丁に飛び込んで、物陰に身を潜めた。

「尾行がないか、一応確認しておかないとね」

ホームズは何でもないように呟いたが、彼の緊張が私にもひしひしと伝わってきた。

しばらく様子を見たあとで物陰から立ちあがり、路地をさらに奥へと進む。複雑に入り組んだ細い路地を、ホームズは少しも迷う様子もなく歩いていく。さすがは自称

〝ロンドン研究家〟だけのことはある。私はすっかり感心していくばかりだ。

ふいに視界が開けた。

テムズ河だ。

ふり仰ぐと、鉛色の空を背景に川沿いにそびえ立つ国会議事堂《ウエストミンスター》とビッグベンの威容がほど近く見えた。

ホームズは岸壁に開いた穴に歩み寄る。入り口に置いてあったランタンを取りあげ、身をかがめるようにして中に入っていった。私は彼の後につづいた。

ホームズがかざすランタンの明かりを頼りに、私たちは暗い下水坑のなかを進んだ。地下に張り巡らされた下水システムはロンドンのもう一つの貌《かお》である。途中幾重にも枝分かれしていてあたかも迷路のようだ。ホームズは複雑な分かれ岐《みち》にさしかかると地図を取り出し、位置を確認して、進むべき通路を無言で指さした。

しばらく進んだあとでホームズは足をとめ、地図と照らし合わせて頭上を見あげた。持っていたランタンを私にくわえさせ、梯子《はしご》をあがり、頭の上の石の板をゆっくりと持ちあげる。

石板をどかせると、ぼんやりした明かりが坑道に差した。

ホームズは石板をどかせたあとの穴の縁に両手をかけ、軽々と体を持ちあげた（元来が骸骨《がいこつ》なので大して重みがあるわけではない）。頭上の穴から一瞬ホームズの髑髏《ドクロ》の顔が覗《のぞ》き、入れ替わりに手が差し伸べられた。その手にランタンを渡し、私自身は体をかがめ、勢いをつけて穴の縁に飛びあがった。

下水坑から抜け出た私は、ぶるりと体をふって大きく息を吐いた。髑髏のホームズはどうか知らないが、犬の嗅覚《きゅうかく》に下水の臭いはもはや拷問である。

ホームズは、顔をしかめている私を見てにやりと笑い、ランタンの火を吹き消して、無言で頭上を指さした。

見あげると、頭上に四角い螺旋《らせん》階段がどこまでも果てしもなくつづいていた。見ているだけで目眩《めまい》を覚えるほどだ。

どうやら、ロンドンが誇る巨大な時計塔——モリアーティが張り巡らせた蜘蛛《くも》の巣の中心——ビッグベンの基部に到着したらしい。

私はホームズと無言で目配せを交わし、小さく一つ頷いて螺旋階段をのぼり始めた。

永遠につづくと思われた階段をのぼりきった先は、いくつもの巨大な歯車が複雑に組み合わさった場所であった。

時計塔《ビッグベン》の機械室だ。

機械室の歯車はすべて静止している。動くものは何一つなく、辺りは死のような静寂に包まれていた。

忍び足で歯車の間を抜け、機械室からつづくドアを開けると、文字盤裏の通路に出た。ステンドグラス様の半透明のガラスごしに、時計塔の止まった巨大な針が裏側から反対向きに見える。

文字盤裏のせまい通路を抜け、さらに先に進む。

突き当たりの階段をあがると、建物の名前の由来でもある巨大な鐘《ビッグベン》が吊《つ》りさがった鐘楼に出た。

ここが塔の最上部だ。

身をかがめ、警戒しながら左右を窺《うかが》っていると、ホームズが肘《ひじ》で私をつっついた。ホームズが指先で示す方向に目をむけ、私ははっと息を呑《の》んだ。

鐘楼天井の内側の壁に、たくさんの繭玉が貼りついていた。あたかも蜘蛛が巣にかかった獲物を糸でからめとり、動けなくして蓄えている感じだ。

壁に貼りついた繭玉の一つに、妙な形の黒い染みがあることに気づいた。黒い染みの形に見覚えがあった。あれは……繭玉が部屋の窓を破って外に飛び出していく……棚のフラスコがひっくりかえって、繭玉にかかる。黒いタールの染みができる……。

カトーの繭玉だ。

「カ……」

思わず身を乗り出し、声をあげようとしたところで、背後から口を押さえられた。

ホームズは私の口を押さえたまま、別の方向を指さした。

巨大な鐘の陰に、巨大な蜘蛛の姿のモリアーティが見えた。幸い、私たちが侵入したことには気づいていない様子だ。

私は首をすくめ、慌てて物陰に身を潜めた。

モリアーティは鐘楼の内側に貼りつけた繭玉を順に眺め、その一つに狙いを定めた。

目が赤く光る。

繭玉が光を発し、痙攣《けいれん》するように細かくふるえた。次の瞬間、繭玉から光が離れて、宙に浮かんだ。

光は鐘楼開口部から抜け出して、ふわりふわりとした動きで空へ向かう。

モリアーティは光の行方に目をやり、無造作に口から糸を吐き出した。白い糸がまっすぐに伸び、空に向かう途中の光を捉《とら》える。光は一瞬抵抗するものの、すぐに力尽きた様子で引き戻された。

モリアーティは大きく口を開けた。口が耳まで裂け、二本の長い牙《きば》が覗いている。

光を呑み込むと、モリアーティは満足げな笑みを浮かべた。

光を奪われた繭玉が割れ、黒い石が鐘楼の床に落下した。黒い石は、魚顔のゴーストの形をしていた。見まわせば、鐘楼の床のあちこちに奇怪なゴーストの形をした黒い石が転がっている——。

ホームズが私に注意を促した。モリアーティが巨大な鐘をまわって、私たちが隠れている場所に近づいてくる。

私たちはモリアーティに気づかれぬよう、抜き足差し足、こっそりとその場所から撤退した。

機械室まで引き返したあと、ホームズが詰めた息を吐き出すように言った。

「よし、ワトスン。作戦開始だ」

「僕は何をしたらいい？」

「君はひとまず隠れて見ていてくれたまえ。僕が合図したら、飛び出してきて、攻撃だ」

ホームズはそう言いながら左右を見まわし、機械室の隅から大きな道具箱をひっぱりだした。箱のなかを漁《あさ》り、バールを取りあげて私に手わたした。

「事前に準備してあったのかい？」私は眉《まゆ》を寄せてたずねた。

「なに、借り物だよ。ここにあったんだ」

私はいっそう深く眉を寄せた。そんな行き当たりばったりで、本当に大丈夫なのか？

「機械室だからね、何かあるとは予想していたさ」ホームズはにっと笑って言った。「スパイ活動の基本は〝現場にあるものを使え〟だ。ちゃんと準備すべき物は準備してきたから、まあ、見ていてくれたまえ」

背中をむけ、何かごそごそやっていたが、ふり返ると別人の姿に変装していた。油で汚れた作業服を身にまとい、ふさふさとした灰色の眉、もじゃもじゃの灰色の髭《ひげ》、ハンチングをかぶっている。時計塔《ビッグベン》が誕生したときからずっとここで働いていた老機械技師の姿だ。なるほど〝彼〟なら死後も機械室に残って巨大な歯車の世話をしていそうだ。この老ゴーストがホームズの変装だとは誰も気づかないだろう――。

ただし、それも現世での話である。ゴーストタウンの支配者、不思議な力を使うモリアーティに、はたして通じるかどうか？

「〝細工《さいく》は流々《りゅうりゅう》。仕上げをご覧《ろう》じろ〟だ」

ホームズは道具箱から取りだしたレンチを片手でクルリとまわし、自信たっぷりな様子で私に片目をつむってみせた。

少し高い場所に隠れて様子を見ていると、文字盤裏につづく扉が開いてモリアーティが顔を覗かせた。

老作業員に変装したホームズが扉に背をむけ、腰をかがめて、巨大な歯車をレンチでいじっている。

モリアーティの顔に訝《いぶか》しげな表情が浮かんだ。身をかがめるようにして扉をくぐり、機械室に入ってくる。老作業員のすぐ隣まで来て、低い声でたずねた。

「何をしている?」

ホームズはふり返り、モリアーティを見あげて、

「おや、まア、だんな。今日は、ハア、お日柄もよく」

と強い訛《なま》りのある下町言葉《コックニー》で答えた。

「貴様、誰に断ってここに入ってきた?」

「誰に、っちゅうても、ハア、この時計塔のメンテナンスは、わたスの昔《むかス》からの仕事ですよって……。はて、いつからこうしてるのか? 自分でも思い出せないんだがヨ」と言って立ちあがり、腰に手を当てて首を傾げた。「どうも今回ばっかりは、ど

をついたらしい。

「もう終わりか？　天下のシャーロック・ホームズも堕《お》ちたものだな」モリアーティはあざ笑うように首をふると、

「こんどはこちらの番だ。見せてやるホームズ、これが貴様が信じている人間の理性の姿だ」

そう言って、八本の手足のうちの一本を高くふりあげた。

機械室の暗い壁に、ぼんやりとした光が浮かんだ。

光と影がちらちらと動いている。

〝動く写真〟だ。

魔法にかけられたように、視線が吸い寄せられる。

最初は何だかわからなかった。

双眼鏡の焦点が合うように、ふいに私はそこに何が映し出されているのかを理解した。

王宮前広場に集まったたくさんの人たちの姿だ。何百、何千という者たち。いずれも武器を持たない一般市民だ。彼らは口々に何かを訴えている。集まった者のなかには女性の姿も見える。

武器をもたない民衆の前に、軍隊が立ちふさがっている。人々が王宮に押し寄せないよう阻止しているのだ。突然、軍隊が民衆にむかって銃を発砲しはじめる。逃げ惑う人々。軍隊は逃げる民衆の背後から、さらに銃撃をくわえる。広場には血を流して倒れた人々の姿が残される。王の軍隊は傷つき動いている広場の者たちに銃をむけ、とどめを刺す。

壁が一瞬暗くなり、絵が切り替わる。

荒野の遠景だ。そこかしこで大勢の兵隊がまるで蟻のように動きまわっている。大地には縦横に溝が掘られ、鉄条網が張り巡らされている。兵隊たちは溝のなかを移動する。地上に顔を出した兵隊は、たちどころに銃弾の餌食《えじき》となる。頭を吹き飛ばされ、溝に体が滑り落ちる。兵隊たちは誰一人、地上に顔を出すことさえできない。雨が降り、溝が泥で埋まる。兵士たちの仕事は溝に溜《た》まった泥をかき出すことだけだ。冷たい泥に手足の感覚が失われる。酷《ひど》い凍傷が、大勢の若者たちの手足を奪い去る。戦場に巨大な鉄の塊が現れる。巨大な鉄の塊は、鉄条網も大地に刻まれた溝も無視して走りまわる。鉄の塊に生身の兵隊は太刀打ちできない。若い兵士の肉体が次々に破壊される。

大地の果てに白い煙がわきあがる。白い煙は地を這《は》うように押し寄せ、煙を吸った者たちは胸をかきむしり、血反吐《へど》を吐いて息絶える。大地に刻まれた溝は死体で埋め尽くされる。

壁が暗くなり、絵が切り替わる。

目も眩《くら》むほど高いビルの屋上に一人の男が立っている。彼は無数の白い紙切れをビルから撒《ま》き散らす。白い紙を全部撒き散らした後、自分が飛び降りる。笑いながら飛び降りる。

再び絵が切り替わる。

鉤《かぎ》十字の旗だ。壇上に立ったちょび髭《ひげ》の男が演説している。軍服姿の男たちが至るところで鉤十字の旗をはためかせる。人々が熱にうかされたような顔で絶叫する。

次の絵は、巨大な軍艦が爆撃を受け、黒煙を上げて沈没する場面だ。攻撃する戦闘機の両翼には白地に赤丸のマーク。操縦席に勝ち誇った東洋人の顔が見える。

ロンドンが爆撃される。どこからともなく飛んで来た見えない爆弾がロンドン各所に着弾し、街を破壊する。コベントリー広場の花屋や青果売り屋台が吹き飛ばされる。道端に死体が転がっている。

絵が切り替わる。

大勢の人々が貨物列車に家畜のように詰め込まれて連れてこられる。列車から降りた者たちは衣服を脱がされ、シャワー室のような場所に押し込まれる。頭の上から水ではない何かが噴出する。人々は息を詰まらせバタバタと倒れる。もはや倒れる場所さえ存在しない。

異様なほどやせ細った者たちが列をなして歩かされている。力尽き、列から遅れた者はその場で撃ち殺される。道端に屍体《したい》の山が築かれる。

絵が切り替わる。

巨大な飛行機が街を無差別に爆撃してまわる。飛行機の両翼に見えるのは、イギリスやアメリカの国旗だ。巨大な爆撃機は、あたかも絨毯《じゅうたん》を敷くように一分の隙もなく街を破壊する。地上では、年寄りや女や子供たちが逃げ惑う。かれらの頭の上に、容赦なく爆弾が降り注ぐ。街が破壊される。

突然、空に信じられないほど巨大なきのこ雲が立ちあがる。地上は闇に包まれ、煮えたぎる鍋《なべ》の底で女や子供たち、赤ん坊までが焼き殺される。誰も見たことのない、経験したこともない地獄絵図が、この世に顕現する。

………。

機械室の壁に次々に映し出される人々の惨状を、私は声もなく見入った。

これはいったい何だ？

人間が虫けらのように殺されていく。一人、二人、と数えられるような死ではない。壁に映し出されているのは、人間としての尊厳などかけらもない、悲惨な死ばかりだ。女子供や年寄り、赤ん坊に至るまで、見境なく襲いかかる無差別の死。彼らの死には、どんな意味も見いだせない。人間性を蹂躙《じゅうりん》する圧倒的な暴力が支配する世界。

かくも恐るべき世界を映し出す〝動く写真〟が、現実のものとはとても思えない。

それでも私は――ホームズもまた――〝動く写真〟から目を逸《そ》らすことはおろか、瞬《まばた》きすることさえできなかった。

「貴様たちが目にしているのは遠い未来の現実ではない。すべては、この先わずか半世紀ほどの間に起きる出来事だ」

背後からモリアーティの声が聞こえた。

「理性への信仰は人々を分断し、争いへとかりたてる。華々しい武勲など最早《もはや》どこにも存在しない。急速な科学技術の発達によって恐るべき武器が出現する。戦場を支配するのはむきだしの恐怖と悲惨だ。理性にとり憑《つ》かれた者たちは〝敵〟を殺すための発明に夢中になる。女や子供、赤ん坊たちを効率的に殺戮《さつりく》する道具が次々に生み出される。――それが、ホームズ、貴様が信じている理性の行き着く先、人間の未来だ」

モリアーティがゆっくりとした足どりで私たちの前に歩み出た。

「諦《あきら》めろホームズ、貴様の負けだ！」

「……私の……負け……？」ホームズは顔をあげ、焦点の合わぬ目でモリアーティを眺めた。

「そうだ、ホームズ。貴様は負けたのだ。貴様と、貴様が信奉する理性の敗北――そのことを貴様に教えるために、私はこのゴーストタウンを作りあげた。現世で私を打ち負かしたホームズ、貴様に勝つためにだ」

「狂っている……」私は思わず呟《つぶや》いた。

「狂っているだと？」

モリアーティは嘲《あざけ》るような笑みを浮かべた。

「ならばホームズ、貴様はどうなのだ？　あの危険なライヘンバッハの滝のほとりで、私が提案した決闘に喜々として応じた貴様は狂っていなかったとでもいうのか？　あのとき、貴様は本当は死にたかったのではないか？　だからこそ、自殺行為にも等しい私との決闘に応じたのではないか？」

私はライヘンバッハの滝で目にした恐るべき光景を思い出した。

雪解けで増水した激流が凄《すさ》まじい勢いで巨大な深淵《しんえん》にむかって落下していた。しとどに濡《ぬ》れて黒く光る恐ろしげな岩壁と飛沫を上げながら底知れぬ滝壺《たきつぼ》に突進する白々とした水柱。水音は耳を聾《ろう》し、ちょっと覗《のぞ》いただけで目が眩むほどの光景だった。

モリアーティの言うとおりだ、あの場所で決闘に応じるなど、まともな神経の持ち主にできる話ではない――。

「私が……あのとき本当は死にたかった？　まさか……そんなはずは……」

「ならば聞こう、ホームズ。貴様はこのゴーストタウンに転生して、なぜあんなにも喜んでいたのだ？　私が知る現世のシャーロック・ホームズは決して快活な人物ではなかった。陰鬱《いんうつ》で、人嫌い。薬物に手を出すことさえ厭《いと》わない男だったはずだ。貴様はあのころ、心のどこかで人間の理性の限界を悟っていたのではないか？　貴様の推理の基礎をなす人間の理性が、結局は社会に幸福ではなく悲劇をもたらすものであることを、すでに見抜いていた。だから貴様はこの街に来て、時間が止まっていることを知って喜んだのではないか？　時間が進まなければ、理性が人間にもたらす恐怖と悲惨を目の当たりにしなくてすむ。だから貴様は、ゴーストたちの過去の事件を解くことに執着したのではないのか？」

ホームズはゆるゆると首をふった。

「ちがう……そうじゃない……私は……」

「ホームズ、自分の心に正直になれ」モリアーティは諭《さと》すような口調になって言った。

「貴様は、理性が無意味で危険なものだと気づいている。貴様と私は所詮《しょせん》はコインの裏と表——いうなれば、貴様こそが私のドッペルゲンガーなのだ」

見あげると、ホームズの目の焦点が合っていなかった。あたかも催眠術にかかった者のような、呆然《ぼうぜん》とした顔つきだ。

「どうしたホームズ？　ホームズ！　ホームズ！」

私はホームズを何とか正気に返そうと、コートの裾《すそ》をくわえて引っ張り、何度も彼の名を呼んだ。

「無駄だ、ワトスン。ホームズはいま自分の心の声を聞いている。己に正直になろうとしているんだ。ホームズの邪魔をするな」

モリアーティの声に、私は背中の毛を逆立て、唸《うな》り声をあげた。体を低くして、飛びかかろうと身がまえた。

「ワトスン、貴様はどうなのだ？」モリアーティは唐突に私にたずねた。「ホームズに謎を解いてもらって、現世に戻る。それでいいのか？」

「どういう意味だ？」私は攻撃姿勢のまま訊《き》き返した。

「貴様が愛するメアリーは、現世とゴーストタウンの両方に同時に存在する化け物だ。この世界で私は、メアリーが持つ石の力のせいで、どれほど邪魔されたかわからない。

メアリーの干渉は、現世においてホームズが私の仕事の邪魔をした以上だ」

「メアリーが化け物？　そんなことが、あるはずがない……」

そう言いながらも、私は巻きあげた尻尾《しっぽ》が垂れていくのを如何《いかん》ともしがたかった。

「やっと気づいたか、ワトスン。あの女が持つ力は、貴様ごとき凡人が理解できるような代物ではない」モリアーティが哀れむように言った。「友人や夫婦の信頼とは、そもそも相手が理解できる存在だという前提があってこそだ。貴様は自分が理解することのできない相手を、そうと知ったあとも同じように愛することができるのか？　自分の妻が理解不能な化け物だと知って、ワトスン、貴様はそれでも彼女と平気で暮らしていくことができるのか？」

私は動揺した。

とっさに言葉にならず、モリアーティに飛びかかることもできなかった。

モリアーティはホームズに向きなおり、顔をのぞき込むようにしてつづけた。

「ホームズ、貴様は自分でも気づいているはずだ。探偵として、貴様はあまりにも理性に頼り過ぎた。その結果は？　理性の化け物。それがいまの貴様の姿だ。その意味するところを、貴様はわかっている。ホームズ、理性の化け物と化した貴様はもはや、人間の未来には不要で、有害な存在なのだ」

ホームズの体が見えない手で殴られたように大きくグラリと揺れた。

「楽になれ、ホームズ。私に光を渡して黒い石になるがいい！」

気がつくと、いつのまにか無数のモリアーティの分身が機械室に現れ、私たちをびっしりと取り囲んでいた。モリアーティの分身がゆらゆらと体を揺らすたびに、周囲に波打つような気配が押し寄せる。

その動きに操られるように、ホームズがモリアーティにむかって一歩足を踏みだした。

「駄目だ、ホームズ！　行くんじゃない！」

「黙れ、忠犬！　これは私とホームズとの世界をかけた闘いだ。邪魔をするな！」

「ホームズ！」

「さあ、貴様の光を渡せ。それで勝負終了《ゲームオーバー》だ！」

モリアーティの勝ち誇った声が機械室にこだました。

ホームズが、ふいに足をとめた。

頭を垂れた姿勢でコートの内ポケットからヌンチャクを取りだし、頭上に高く掲げた。モリアーティはせせら笑うように、

「いまさら、そんなものを持ちだしてどうする？　第一、貴様にそれが使えるのか？」

ホームズは顔をあげ、ニヤリと笑った。そして、手にしたヌンチャクを勢いよく投げあげた。

頭上でガラスが割れる音がして、黒い影が目の前に飛び降りてきた。

「ホームズ先生、遅くなってすみません」

ふり返った黒い影は、助手猫カトーだ。

「待ちかねたよ、カトー。危うく時間切れだ」ホームズがほっとしたように言った。

「馬鹿な。繭玉から抜け出してきたというのか？」

モリアーティは驚愕《きょうがく》の表情を浮かべている。

カトーが立ちあがり、空中でホームズから受け取ったヌンチャクをゆっくりした動きで使い始めた。二本の棒が生き物のように、たちまち目にもとまらぬ速度で回転しはじめる。

「ニャー、ニャニャニャ、ニャッ！」

裂帛《れっぱく》の気合とともにヌンチャクが伸びる。モリアーティの分身の第三の目を次々に打ち抜いていく。

額の赤い光を打たれたモリアーティの分身は棒立ちとなり、その場にくずおれる。

一瞬目《ま》映《ばゆ》い光に包まれた後、それぞれ本来のゴーストの姿に戻った。

「ニャ、ニャ、ニャニャ、ニャー！」

カトーのヌンチャク捌《さば》きは、相変わらずほれぼれするほどの見事さだ。

無数の分身たちの相手はひとまずカトーに任せ、ホームズと私はモリアーティ本体と向かい合った。

モリアーティは、依然として余裕の表情だ。

「結局は、こうなる運命か。残念だよ、ホームズ」

「自分で言ったはずだモリアーティ、我々はコインの裏表だと」

モリアーティがわずかに首をかしげた。

「コインの表と裏は、同時には出ないということだ」

ホームズの言葉に、モリアーティはニヤリと笑った。

「いいだろう、今度こそケリをつけよう。ライヘンバッハの滝では私が決闘方法を選んだ。今度は貴様に選ばせてやる」

「そいつはご親切に」

「貴様が得意なボクシング？　それとも、フェンシング？」

モリアーティの目が赤く光る。

機械室の壁に〝動く写真〟が映し出された。映っているのは、モリアーティ自身とホームズの姿だ。

〝動く写真〟の中で、ホームズがボクシングでモリアーティに挑んでいる。モリアーティはホームズが繰り出すパンチをすべて最小限の動きでかわし、逆に一撃でホームズをノックアウトする。

次に映し出されたのは、フェンシングでモリアーティに挑むホームズの姿だ。モリアーティはホームズの突きをすべてかわし、最後にホームズを串刺《くしざ》しにする。

「これが〝未来の姿〟だ」モリアーティが目を赤く光らせたまま言った。

「いつでもいいぞ、ホームズ。かかってこい！」

ホームズは、モリアーティの不意をつくように体を低くして突進した。身がまえたモリアーティの直前で飛びあがり、頭の上の鉄棒にぶらさがった。そのまま体を大きく揺らして、モリアーティを蹴《け》りにいく。

「馬鹿め、そのくらいはお見通しだ」

モリアーティはホームズの蹴りを難なくかわした。

ホームズは鉄棒を持ち替え、向きを変える。

「無駄だと言ったはずだ」

モリアーティが嘲《あざけ》るようにそう言った瞬間、ホームズの指示が聞こえた。

「いまだワトスン！　僕の足にかみつけ！」

私はちゅうちょなく飛びあがり、ホームズの足に思いきりかみついた。

鉄棒にぶらさがったホームズの振動と、飛びついた私の動きが合わさって、体が大きく振りまわされる。コントロールを失い、自分でも自分がどうなっているのかよくわからない。

「ワトスン、キックだ！」

私はホームズの足にかみついたまま、無我夢中で後足をふった。目の隅に棒立ちになったモリアーティの姿が見えた。目が赤く光っているが、何も見えていない感じだ。

思いきりふった後足がモリアーティの顔を直撃し、彼をその場に打ち倒した。

「おのれ！」

立ち上がったモリアーティは、なぜかひどく混乱し、冷静さを失っている様子だ。

「行くぞワトスン。もう一度だ！」

ホームズは鉄棒を持ち替え、足に私をぶらさげたまま子供がブランコをこぐときのように大きく勢いをつけた。私の体がまた妙な具合に振りまわされる。

ふれ戻ってきた私たちに向かって、モリアーティが糸を飛ばすべく身がまえる。

「ワトスン、離れろ！」

ホームズの指示どおり、私は彼の足にかみついていた口をちゅうちょなく離した。

勢い余って、私はモリアーティの頭上を飛びこえた。そのまま壁にぶつかり、ずるずると滑り落ちる。モリアーティの視線が一瞬、私に引っぱられた。

「忘れ物だ！」

ホームズは片手で鉄棒にぶらさがり、もう片方の手でモリアーティにむかって緑色に光る鉄塊――魔弾――を投げつけた。

魔弾が、ちょうど糸を吐き出しかけていたモリアーティの口に吸い込まれる。

吐いた糸があらぬ方向に流れ、時計の巨大な歯車に貼りついた。

鉄棒から手を放して着地したホームズが、バランスを崩して傍らのレバーの上に倒れ込んだ。体ごとレバーを押しさげると、機械室の歯車がいっせいに動きはじめた。

私は壁際に座り込んだまま、呆気《あっけ》にとられて周囲を見まわした。

時間の止まった世界で、動くはずのない時計塔の歯車が動いている。

「モリアーティ！」

ホームズの声に、ハッとしてふり返った。

モリアーティが巨大な歯車にじりじりと引き寄せられていた。己の吐いた糸が歯車にからまり、その糸を切れずにいる……。

歯車がまたガチャリと一つ、大きく動いた。

ホームズが手をさし出すが、間に合わない。

モリアーティの体が歯車の間に巻き込まれる。

私は思わず顔を背けた。

モリアーティの絶叫をかき消すように、ビッグベンの鐘の音がゴーストタウンに鳴り響いた。

第十二章　謎が明かされる

「驚いたよ、ホームズ。僕はてっきり、カトーは繭玉に閉じ込められているものだとばかり思っていたからね」

私がそう切り出したのは、ベーカー街の馴染《なじ》み部屋に戻り、気つけの強い酒を一杯飲んで一息ついたあとであった。

ホームズは暖炉の前の椅子にすわり、お気に入りのパイプをふかしている。

「〝敵を欺《あざむ》くにはまず味方から〟。古い諺《ことわざ》だが、実際、君に教えたんじゃ、モリアーティに悟られる恐れがあった。黙っていて悪かったよ、ワトスン」ホームズはパイプを顔の前に掲げて言った。「それにしても、君がカトーのことをそれほど気にかけていたとは意外だったな」

私は肩をすくめ、肩ごしに背後をふり返った。

一緒に部屋に戻ってきたカトーは、テーブルに置いたガラス瓶を興味ぶかげに覗《のぞ》き込んでいる。

カトーの突然の登場がモリアーティを動揺させ、その後の勝負の行方を左右したことは否めない。

「でも、どうやったんだい？」私はホームズに向きなおってたずねた。「カトーはどうやって、あの繭玉から抜け出せたんだ？　なぜ君はそのことを知っていた？　繭玉に囚《とら》われたカトーと、いったいどうやって連絡をとっていたのだ？」

「また、いちどきに訊《き》いたものだね」ホームズは白い髑髏《ドクロ》の顔にちらりと笑みを浮かべた。「種《たね》を明かせば何でもない。カトーはそもそも繭玉に囚われてなどいなかったんだ」

「なんだって？」私は啞然《あぜん》として目を瞬《しばたた》いた。

「そんな馬鹿な。だって、僕はたしかにこの目で見た。カトーが……」

「繭玉にされるところを、かい？」ホームズは顔の前でパイプを軽くふり、「ちがうよワトスン、君がその目で見たのはこの部屋から繭玉が飛び出していくところであって、カトーが繭玉にされるところは見ていないはずだ」

ホームズの指摘に、私は考え込んだ。

あのときは、たしか——。

「危ない、ワトスン先生！」カトーはそう言って窓際に立った私を突き飛ばして、私の代わりに狙撃された。床に転がった私が周囲を見まわすと、テーブルの下に猫の尻《しっ》尾《ぽ》の先がわずかに覗いていた。駆け寄ろうとした私の鼻先をかすめて窓の外から蜘蛛《くも》の糸が撃ち込まれ、何が起きているのか理解する間もなくテーブルの下から藺玉が現れた。藺玉は部屋中を暴れまわり、窓枠を破壊して外に飛び出していった。

なるほどホームズの言うとおり、カトーが藺玉にされるところは見ていない。

「それじゃ、あの藺玉は何だったんだ？」私は眉《まゆ》を寄せてたずねた。

「カトーが狙撃の衝撃で飛ばされたテーブルの下には、先客がいたのだ」

「先客？」

「カトーに確かめたわけではないが、いろんな事実と矛盾しない仮説はこれしかない」

「ガーゴイルの姿をした依頼人《ゴースト》でした」カトーがふり返って答えた。「彼は周囲の騒ぎにもかかわらず、『1』と書かれた番号札をしっかりと抱えてテーブルの下で眠り込んでいたのです」

カトーの説明で、私はあることを思い出した。

私たちが散歩に出るとき、カトーはドアの外で待っていた依頼人たちをこう言って追い払った。

「再開したら順番に話を聞きますので、番号札を受け取った方はひとまず解散……」

「1」の番号札を持った依頼人――ガーゴイルの姿のゴーストは、騒ぎに紛れてこっそり部屋に入り込み、私たちの帰りをテーブルの下で待っているうちに眠ってしまったのだろう。

とすれば、あとの展開は聞かなくてもわかる。

カトーはとっさに彼を盾にした。テーブル下に伸びてきた蜘蛛の糸はガーゴイル姿の依頼人を捕らえ、カトーの代わりに繭玉にして運び去ったというわけだ。

「ワトスン、君は僕を蹴飛《けと》ばして裏窓に走った。テーブルの下は一度もたしかめなかった」ホームズはパイプを手に、面白がるような口調で言った。「床に尻《しり》もちをついた僕は、テーブルの下にいるカトーに気がついた。カトーは押さえていた胸から手を放すと、変形した金属板が見えた。カトーは身ぶりで体に傷がないことを僕に告げ、無言で頷《うなず》いて見せた。ちなみに、彼を守った金属板は、ワトスン、君が身につけているのと同じものだよ」

ホームズがパイプの吸い口で示したのは、私が首からかけた金属製の〝ジョン〟の名札――ホームズからのプレゼントである。

「僕はすぐに事態を理解し、僕の寝室に隠れるようカトーに指示した。同時に床に落ちていた変形の銃弾に気づいて拾いあげ、それから君のあとを追いかけたのだ」

私はふむと唸《うな》った。道理であのとき、ホームズが来るのが遅れたわけだ。

「カトーはずっと君の寝室に隠れていたのかい？」

「金属板が防いでくれたとはいえ、フォン・ヘルダー特製の空気銃から発射された魔弾の一撃をくらったんだ。体調万全というわけにはいかないからね」ホームズは軽く肩をすくめ、「それに、僕の方でもあれこれ作戦を練る必要があった」

「やれやれ。それじゃ、今回の作戦はすべて君とカトーの思惑どおり——最後まで何も知らされなかった僕の役割は、せいぜいモリアーティに対する目くらましと、カトーが回復するまでの時間稼ぎだったというわけか」私は苦笑して首をふった。

「ちがうよ、ワトスン。僕が今回モリアーティに勝つことができたのは、むしろ君のおかげなのだ」

「僕のおかげだって？」私は眉を寄せた。思い当たることが何もなかった。「いったい、何の話だい？」

「やっぱり気づいていなかったね。それが君のいいところだ。もちろん、ある意味でということだが」

私はむっとしたものの、好奇心には勝てず、ホームズにつづきを促した。

「君は僕にこう言った」ホームズはパイプを一服した後、ちらりと笑みを浮かべ、私の声を真似て言った。「〝クソッ！　大体、なんだ、そのヘンテコな姿は？　バカか、君は？　そんな姿になったせいで、ろくに走ることさえ出来なくなったじゃないか〟」

私は首を傾げた。それが何だというのか？

「君の言葉で気がついたんだ。僕が長年理想に思い描いてきた姿には意外な弱点があった。だとしたら、現世で僕と同程度の知能を誇っていたモリアーティにも、やはり同じように、当人が気づいていない意外な弱点があるんじゃないかとね。そう考えて、思い出したことがあった。例えばこの世界でモリアーティと出会ったときの、彼の最初の台詞《せりふ》だ」

私は少し考え、思い出して言った。

「〝チッ、予定より少し早いが……まあ、いいだろう〟？」

「ゴーストタウンの創造主モリアーティといえども、未来を完全に予測することは出来ないということだ」

ホームズはそう言って椅子から立ちあがり、暖炉の上に置いた振り子を指で揺らした。

「振り子の動きは、定点で固定された糸または棒の長さと、固定されていない側の質点、即ち重りの重さによって規定される。振り子は、古くから時を刻む装置として用いられてきた。人間にとって、予測可能な未来の象徴だ」

つづけて隣に並べた別の振り子を指で揺らし、

「ところが、棒を一本増やしたこの二重振り子では、途端に話が変わってくる。わずかな変数のちがいが振り子の動きを複雑に変化させ、軌道予測がきわめて困難になる。二重振り子が示すものは、人間には予測不可能な無限の未来の可能性だ」

暖炉の上で二つの動きの異なる振り子を揺らしたまま、ホームズは元の椅子に戻ってパイプをふかした。

「この世界に転生したモリアーティには、未来の時間を覗《のぞ》き見る力があった。それこそが彼が現世で望んだ理想の力だったのだろう。だが、二重振り子の複雑な動きが示すように、未来は一つではない。ささいな条件の変化が無限の可能性へとつながる。モリアーティが見ていたのは、多くの可能性の中から彼自身が選び取った現実だった。モリアーティはこの世界の王であっても、神ではない。未来の可能性は無限だが、神ならぬ身には無限に対応することは不可能だ。可能性が増えれば増えるほど、予測はできても、対応ができなくなる」

二重振り子の不思議な動きに見とれていた私は、あることに思い当たった。

ビッグベンでのモリアーティとの対決でホームズが選択したのは、彼が得意なボクシングでもフェンシングでもなく、鉄棒にぶらさがって蹴りにいくことだった。ホームズが一人のときは、攻撃はなんなくかわされた。ところが、私がホームズの足にかみついて二人になった途端、モリアーティはひどく混乱した様子となり、攻撃をかわせなくなった。

モリアーティには未来が見えていた。

ホームズが一人の〝単身振り子〟の攻撃はシンプルで予測容易だ。だが、ホームズと私の二人による〝二重振り子〟の攻撃を予測しようとした途端、急に目に映る未来の可能性の数が跳ねあがり、対応に戸惑った。モリアーティは二重振り子的な動きに対応することができず、正面から私の蹴りをくらうはめになった。予期せぬ事態にモリアーティはすっかり冷静さを失い、本来なら避けることができたはずの最悪の現実に自ら呑《の》み込まれた……。

「この世界におけるモリアーティもまた、モリアーティという限定された存在だ――そのことを僕に気づかせてくれたのが、ワトスン、君の言葉だったというわけだ」ホームズはそう言って、私ににこりと笑ってみせた。

「もっともモリアーティのもつ限界がどんなものなのか、実際やってみなくてはわからなかった。いくつか可能性は検討した。十字架やイワシ、お札《ふだ》やヒイラギといったもののその中の一つだ。どんな可能性も試してみるまではわからない。しかし、まさかあんな結末を迎えることになるとは、僕も思ってもいなかったがね」

ホームズは頭の後ろで手を組み、天井を見あげてパイプをふかしている。

私はビッグベンの機械室で起きた出来事をもう一度思い起こした。

機械室を埋め尽くす巨大な歯車が動きだすと、モリアーティは自分で吐いた糸が切れずにずるずると引き寄せられ、巨大な歯車の重なりの中に巻き込まれていった。

モリアーティの絶叫と同時に、ビッグベンの巨大な鐘の音が鳴り響いた。

凄《すさ》まじい鐘の音に、私は慌てて両耳をふさいだ。

窓の外に目をやると、ロンドン（＝ゴーストタウン）中のすべての教会の鐘が鳴っていた。

止まっていた時間が動き始めたのだ。

ビッグベンの鐘楼から光の球が四方八方に飛び出した。光の球が街の建物に吸い込まれると建物全体が目映《まばゆ》く発光し、黒い石に置き換えられていた聖人や神々、英雄たちの彫像が次々に元の姿に戻っていく。

光の球は建物だけでなく街のいたるところに着地し、辺りが一瞬輝きに包まれる。

街角で黒い石に変えられていたゴーストたちにも光が戻ったのだ。

街全体にたちこめていた黒い霧が晴れていく。

十二時を告げる鐘の音が鳴り終わった後、私は耳をふさいでいた両手（両前足？）を離して恐る恐る背後をふり返った。

機械室の中の様子が一変していた。部屋にあふれかえるようだったモリアーティの分身たちの姿が消え、代わりに元の姿に戻ったゴーストたちがきょとんとした顔であちこちに座り込んでいる。

カトーが歯車の間から一匹の蜘蛛《くも》をつまみあげ、ガラス瓶に入れて蓋《ふた》をした——。

テーブルの上に置いたガラス瓶がそれだ。

私は暖炉の前からテーブルに移動し、カトーと反対側の椅子に跳びのった。

瓶のなかの蜘蛛は、長い八本の手足と赤い目——よくよく見れば、モリアーティの顔をしている。

モリアーティはビッグベンの歯車に巻き込まれて、この世界での実体を失った。歯車が動き、時間が進んだことで〝すべては元に戻る〟というゴーストタウンのルールが変更されたのだ。この世界で失われたものは、もはや二度と元には戻らない。

蜘蛛はガラス瓶の壁をよじのぼり、何とか瓶から脱出しようとするが、蓋に触れるとたちまち熱いものに触れたように慌てて遠ざかる。

ガラス瓶は緑色に発光する〝魔弾〟で蓋がしてあった。

カトーと一緒に〝モリアーティ蜘蛛〟の奮闘ぶりを眺めていた私は、ふと、背後に気配を感じてふり返った。

「メアリー！」

尻尾《しっぽ》をふり、椅子を飛び降りて駆け寄ろうとしたところで、はっと足をとめた。

ホームズがピストルで撃ったV・Rの壁の文字がメアリーの体のむこうに透けて見える。私が見ているのはメアリーの幻影であって、彼女自身ではないということだ。

メアリーは私にむかって、

「ジェイムズ」

と親密な調子で呼びかけた。次に、

「ホームズさん」

と、今度はしっかりした声で言った。

「二人の騎士が、わたしの危機を二度も救ってくださいました。最初は父たちが英国に持ち帰ったアグラの大財宝にまつわる事件の謎を解いてくださり、今度はまた〝神の石〟の力でつくられたゴーストタウンが、現実世界をも滅ぼしてしまうのを防いでくださった。お二人に、心からお礼を申しあげます」

メアリーは品よく腰をかがめ、頭を下げた。

「わたしは父が犯した罪を贖《あがな》わなければなりません」メアリーは頭をあげ、真剣な口調でつづけた。「お二人が明らかにしてくださったように、わたしの父は財宝盗難事件の主犯ではありませんでした。それでもやはり、父がアグラの大財宝を英国に持ち出す犯罪にかかわっていたのは事実です。過ちは誰かが責任を取らなければなりません。父が亡くなった後、それは大婆さまから石を引き継いだわたしの責任です」

私はメアリーの口調に不吉なものを感じて、口を挟んだ。

「メアリー、もうすべて終わったんだよ。僕たちはモリアーティに勝った。彼はこの世界からいなくなったんだ」

メアリーは足下の私に寂しげにほほ笑んだ。顔をあげ、きっぱりとした調子で、

「わたしは〝神の石〟と、大婆さまがわたしに託した石の力をインドの人たちの手に返そうと思います」

メアリーの額に黄色い光が浮かんだ。同時に彼女の胸の前の何もない空間に黒い石が現れた。黒曜石のような輝きを放つ石の周囲には黒いもやがたちこめている……。

「お別れです、愛するジェイムズ。わたしは、あなたと結婚できて本当に幸せだった。

ありがとう」

「何を言うんだ、メアリー。お別れ？　いったい何の話だ？」わたしは混乱して言った。「石をインドの人たちに返す？　それなら僕も一緒に行くよ。一緒にインドに行って、そして一緒に英国に戻ってこよう」

メアリーはしかし、私の提案に首をふり、無理やり笑みを浮かべた。

「石の時間は、直線的な英国人の時間の流れとはちがうのです。ジェイムズ、あなたもご覧になったはずです、黄金色の野に建つ建物と、そこに行き交う人々の姿を。あの場所は円環的な時間が流れる場所。わたしは直線的な時間の流れから抜け出て、円環的な時間のなかに入っていかなければなりません。それは……ジェイムズ、あなたが生きている時間とは別の時間です」

「よせ、メアリー。だめだ。僕には君の言っていることが理解できない……理解したくない……」

「直線的時間と円環的時間は永遠のなかで交わることもあるはず。いつかまたあなたに会えるかもしれない。それまで、ジェイムズ……どうかわたしを忘れないで」

呆然《ぼうぜん》と見守る私の目の前で、メアリーの姿がまばゆい光に包まれ、ゆっくりと消え去った。

私はメアリーが消えた場所に駆け込み、左右を見まわした。

「メアリー！　どこだ、メアリー！　メアリー！」

メアリーの名前を呼んで走りまわる私の肩に、背後から手が置かれた。ふり返ると、ホームズが私を見つめていた。

「石の力をインドに返すのは、彼女にしかできない。彼女は責任を引き受けることを自分で決めたんだ。僕たちにできるのは、彼女の意志を尊重することだ」

「だめだ、ホームズ。僕にはとてもそんなこと……」

「ワトスン、君には君にしかできないことがある。君がどうするのかは、君が自分で決めればいい」

「僕にしかできないこと、だって？」

再びメアリーを捜しに行こうとしていた私は動きをとめ、ホームズをふり返った。ホームズは上半身を前に折り曲げるようにして、私の耳に低く囁《ささや》いた。私は思わず彼の言葉に聞き入った。

――それが、ワトスン、君が狙撃された真の理由だ。

謎が解かれた後になって、私ははっと気がついた。

部屋の壁の鏡に私の姿が映っている。

黒い犬の姿をした私の額に、薄く光が浮かんでいた。

——現世で抱えた謎を解けば、光に導かれて謎の前に戻る。

それがゴーストタウンのルールであったことを、私はうっかり忘れていたのだ。

「先に行け、ワトスン。僕にはこの世界でまだやることがある」

ホームズはそう言って窓際に歩み寄り、外の通りを見おろした。ベーカー街にゴーストたちが大勢集まり、心細そうに二二一Bを見あげている。

「僕はこの街に残って、彼らが抱えたすべての謎に挑む」

「なぜだホームズ。なぜ君がそこまでしなければならない？」私は茫然《ぼうぜん》とたずねた。

「なぜ？」ホームズは私をふり返り、ニヤリと笑った。

「それが僕だからさ。モリアーティは理性がもたらすものは恐怖と悲惨だけだと言ったが、未来の現実は一つではない。僕はこの世界の謎に理性をもって挑戦しつづける。なぜならそれが、時を超えてゆくために人間に許された唯一の力だと、信じているからだ」

モリアーティはゴーストタウンの住人に未来を見せることで、彼らの希望の光を奪った。だが、豚顔のウィッチントン夫人が小間使いを自殺に追い込むのも、首なしのサイモン卿《きょう》がロンドンの下町で娼婦《しょうふ》を殺してまわるようになるのも、モリアーティの教唆があってこそだ。〝動く写真〟に映し出されたのは、彼らのうちに潜む欲望の最悪の可能性に取り込まれた場合の未来だった。彼らは未来に絶望して光を差し出したが、彼らには自分の未来を変えることも可能なはずだ——。

ホームズはパイプをくわえ、深く落ち窪《くぼ》んだ眼窩《がんか》を細めて独り言のようにつづけた。

「この世界には僕に解けない謎が存在するのか？ それが僕にとっての謎なんだ」

額の光が強くなった。鏡の中の私は、もはや体全体が淡い光に包まれている感じだ。

体が軽くなり、ふわりと浮きあがった。

見あげると、部屋の天井を突き抜け、渦状の〝光の道〟が空にむかってどこまでも延びていた。

体が光の渦に吸いあげられる。

下を見ると、ホームズと彼の足下に寄り添ったカトーが二人で私を見あげていた。

おそらく二人にはもう、私の姿は光の粒としか見えていない——。

「ワトスン、また会おう！」

ホームズが私を見あげ、手をあげて言った。

「ホーォーームズ！」

私は最後に声の限りに叫んだ。ホームズには届かない。ライヘンバッハの深淵《しんえん》を覗《のぞ》き込んでいたときと同じ気分だった。

目の前が一面、目映《まばゆ》い光に包まれる。

それきり何もわからなくなった。

エピローグ　復活

その夜、私はベーカー街二二一Bの向かいにあるカムデン・ハウスの二階に陣取り、部屋の明かりは点《つ》けず、窓際に椅子を置いて街灯の明かりを頼りに新聞を広げていた。

グローブ、スター、ペルメル、聖《セント》ジェームズ・ガゼット、イヴニング・ニューズ・スタンダード、エコー。手当たり次第買い求めた新聞一面は、どれもようやく完成したタワーブリッジの写真やイラストを大きく掲載している。

新聞の日付は一八九四年四月。ホームズがモリアーティ教授とともにライヘンバッハの滝壺《たきつぼ》に消えて三年後の春のことだ。

私は手にした新聞をめくり、そこに次のような記事を見つけて目を細めた。

『二万人の読者が「最後の事件」を掲載したストランド誌の購読を中止』

『出版社に届いた抗議の手紙は二千通を超える』

どの新聞にも、同じ記事がもれなく出ていた。

昨年十二月、私がストランド誌に「シャーロック・ホームズ氏の最後の事件」と題した手記を発表するや否や、同誌の購読者の間から囂々《ごうごう》たる非難が沸き起こった。

ホームズの死にショックを受けた読者の中には、出版社に直接怒鳴り込んできた者もあったほどだ。年が変わっても非難の声はおさまらず、それどころか時間とともにさらに大きくなった。

多くのロンドン市民が、いまもホームズの死を悼んで腕に黒い喪章をつけて街中を歩いている。そしてついに、

『二万人の読者がストランド誌の購読中止』『抗議の手紙は二千通を超える』

という事態に立ち至ったというわけだ。

私自身、驚いていないといえば嘘になる。

だが、その驚きは、私の手記がこれほどの影響を多くの読者に与えたためではなく、むしろホームズが予見したとおりに事態が進行したためであった。

私がゴーストタウンを離れるにあたって、ホームズは私にこう言った。

「ワトスン、僕は君が発表した手記の中で真のシャーロック・ホームズとなる。逆に、

君の手記が存在しなければシャーロック・ホームズは存在しないのだ。君の手記を読んだ大勢の読者の声が、必ずや僕を現世に甦《よみがえ》らせてくれるだろう。それにはまず、できるだけ多くの読者に読んでもらわなければならない」

そのためにホームズは、ゴーストタウンで私に過去の事件記録を見せ、概要をまとめさせていたのだ。

だが、死者の国からの甦《よみがえ》りは天地創造とならぶ奇跡である。キリストがラザロを甦らせたように、この私にホームズをゴーストタウンから甦らせることなどできるのだろうか？

「これは、君にしかできないことなのだ」ホームズはきっぱりと言った。「たしかに人間の理性は未来の出来事を正確に知ることはできない。だが、数多くの可能性の中から蓋然性《プロバビリティ》の高い出来事を推理することは可能だ。君が僕を現世に甦らせてくれるというのは、極めて蓋然性の高い未来なのだよ。なぜなら、他ならぬモリアーティがそう教えてくれたのだからね」

意外な人物の名に驚く私に、ホームズはかまわず話をつづけた。

「この世界に来た君は、僕の葬儀の場で撃たれたと言った。君の話を総合すれば、そのとき使われたのがフォン・ヘルダーの特殊な空気銃であることは明らかだった。これは何を意味するのか？

モリアーティが現世の部下に命じて君を狙撃させたということだ。モリアーティは悪党だが、一方で紳士でもあった。君には手を出さない、というライヘンバッハでの僕との約束を破ってまで君を狙撃した理由はただ一つ。モリアーティには、君がシャーロック・ホームズを甦らせて永遠の存在とする未来が見えていたからだ。彼は君を恐れていいた。それが、ワトスン、君が狙撃された真の理由だよ。

未来を見通すモリアーティの力が消滅したことで、現世の彼の部下たちの心からも君を狙う理由が消えた。君が恐るべき空気銃で付け狙われることはもはやない。君は心置きなく執筆に励むことができる。これまでのような手記じゃ駄目だ。大勢の読者の支持を得られるよう、今度こそ本気で書いてくれたまえ」

ホームズはそう言って私を現世に送り出した。彼は私を信じて運命を託したのだ。

友人の信頼に、私は応《こた》える義務がある。

現世に戻った私は、全身全霊、寝食を忘れてシャーロック・ホームズの冒険譚《たん》を書きあげた。

最初に発表したのは一八九一年七月、ストランド誌に掲載した「ボヘミアの醜聞」だ。その後も私は毎月ストランド誌に書きつづけた。

「赤毛連盟」「花婿失踪事件《しっそう》」「五つのオレンジの種」「唇のねじれた男」……。

私の手記は、幸いなことに読者に支持された。ホームズの冒険譚が掲載されたストランド誌の売上部数はたちまち跳ねあがり、出版社には大勢の読者からたくさんの熱狂的ファンレターが届けられた。あるいは、それまでの長編スタイルを捨て、短編形式にしたのが良かったのかもしれない。だとすれば、かねがねホームズの冒険譚を短編で書くよう私に助言していてくれたメアリーのおかげでもある。

ロンドン中の読者が、ホームズの活躍に熱狂した。

作品が掲載されたストランド誌は増刷に次ぐ増刷を重ねた。

私はホームズの冒険譚を書きつづけ、一八九二年十月に『シャーロック・ホームズの冒険』が刊行。同著は発売とともに爆発的な売れ行きをみせ、一時期は重版が追いつかなかったほどだ。

「最後の事件」掲載は『シャーロック・ホームズの冒険』発売一年二か月後。まさに世間がホームズの活躍に盛りあがり、熱狂していたさなかであった。

読者の反響は、私の予想を超えて凄《すさ》まじいものであった。

「ホームズ氏をなぜ殺した！」「人でなし」「人殺し！」「ホームズの代わりにお前が

死ねば良かったのだ」等など、ヒステリックな誹謗《ひぼう》中傷の手紙が後を絶たず、ついにはストランド誌購読拒否運動にまで発展する有り様である。

これらはすべてホームズが予見したとおりの事態であった。

読者の声は、いまや一つの方向に集約されつつあった。

「シャーロック・ホームズ氏は死んではいない、きっと甦る」

というものだ。

時は一八九四年四月。

ホームズがまさに予見したとおりのタイミングである。

──ワトスン、僕を信用してくれるかい？　探偵としての僕の能力を。

モリアーティとの対決に向かう際、私はホームズにそう聞かれた。

私の答えは「もちろんだとも！」。

──では、今後の行動は僕の指示に絶対的に従ってくれたまえ。たとえ、どんなに変な指示だと思ってもだ。

かくて私はベーカー街二二一Bの向かいにある空家カムデン・ハウスの二階に陣取り、部屋の明かりは点けず、窓際に椅子を置いて街灯を頼りに新聞を広げている──すべてホームズの指示どおりだ。

新聞をめくる私の背後から、ふいに白くパイプの煙が漂ってきた。

私は新聞に目を落としたまま、ふり返らずに小さく呟《つぶや》いた。

「……お帰り、ホームズ」

窓から差し込む街灯のわずかな明かりに、パイプをくわえた鷲鼻《わしばな》の横顔がシルエットで浮かびあがる。

「待たせたね、ワトスン」

懐かしい声が耳元に聞こえた。

新聞を畳む私の肩ごしに、ホームズは窓の外を覗《のぞ》いて決然とした口調で言った。

「捜査開始《The Game's Afoot》だ！」

あとがき

――シャーロック・ホームズ復活の謎を解き明かす作品を一緒に創りましょう！

モンブラン・ピクチャーズ株式会社（注1）創業者にして自身アニメ監督でもある竹清仁《たけきよひとし》氏（注2）の発したその一言がすべてのはじまりだった。

二〇一七年正月、某大手映画会社内会議室でのことだ。

〝ホームズ復活の謎〟とは、ホームズ愛好家《シャーロキアン》の間では有名な話で、「最後の事件」で宿敵モリアーティ教授とともにライヘンバッハの滝壺《たきつぼ》に消えたホームズが、三年間の空白を経て「空家の冒険」でロンドンに戻ってくるまでの間、いったいどこで何をしていたのか？　そもそも、あの〝恐るべき滝壺〟（ワトスン談）から、ホームズはどうやって生還することができたのか？

「空家の冒険」作中で、ホームズ自身の言葉で謎解きがされている。曰《いわ》く、＊＊＊＊＊＊＊＊＊＊＊＊＊＊＊＊＊＊＊。（ネタバレになるので作品をお読み下さい）。

　だが、これは、世の多くのシャーロキアンが認める通り〝言い訳〟としてはかなり苦しい。

　〝ホームズの言葉の裏に何か語られない真実があるはずだ〟

　というのが、世界中のホームズ読者の常識となっている。真実は敢《あ》えて聞かないのが大人の態度――なのだが、その謎に挑もうというわけだ。

「面白い。やりましょう」

　私はむろん二つ返事で答えた。〝大人気《おとなげ》ない〟のは小説家の本分だ。それに、映画会社がからんだ企画が立ち上がるくらいだ。これまで誰も思いつかなかった謎解きのアイデアが用意されているに違いない。

「僕は、あの時ホームズは滝壺に落ちて本当に死んだのだと思うのです」と、竹清氏はおもむろに切り出した。「ホームズは死後、冥界《めいかい》（ゴーストタウン）に転生した。そして、友人のワトスンもホームズの後を追って、ゴーストタウンに転生していたのではないでしょうか」

　披瀝《ひれき》されたのは、これまで私が一度も聞いたことがない新説であった。殊にワトスンがホームズとともに死んだというのは本邦初、否、世界初の新機軸ではないか？

「これがゴーストタウンに転生した彼らの姿です」

そのとき竹清氏が取り出した「極秘資料」に描かれていたのが、本作品に取り入れられたホームズとワトスンの姿だ。ゴーストタウンでの二人は異形のゴーストの姿をしていた。その他の登場人物たちの不思議な姿のスケッチもある。

ますます面白そうだ。

「それで、ゴーストタウンに転生した二人はどうやって現世に戻ってくるのです？」

私は身を乗り出し、声を潜めて尋ねた。なにしろ「極秘資料」だ。壁に耳あり障子に目あり。ハイテク隆盛のこの御時世、どこから秘密が漏れるかわからない――。

竹清氏は訝《いぶか》しげに私を眺めて、

「それを考えるのが柳《やなぎ》さんの仕事です」

と、あっさり言った。

うむ、と私は唸《うな》った。言われてみれば、ミステリ作家をわざわざ巻き込むとすれば、それ以外に理由はない。しかし、死んで冥界に転生したホームズとワトスンを現世に呼び戻す？　そんな荒技がはたして可能なのか？　そもそもファンタジーとミステリは相性があまりよろしくない。密室の謎を「あれは魔法でした」という謎解きでは、多くの読者は納得してくれないだろう。しかも、今回は登場人物がみんな既に死んでいる設定だ。かねがね「本格ミステリとは見なしがたい」と評されている柳広司には、いささか難度の高いテーマの気がする。

「では、よろしくお願いします。次回打ち合わせ日程は……」

茫然《ぼうぜん》としている間にとんとん拍子で話は進み、気がつくと私は「極秘資料」を抱えて電車に揺られていた。

こうなれば仕方がない。

私は原典《オリジナル》のホームズ・シリーズの再読吟味を手はじめに、関連資料を机の脇に積み上げ、手当たり次第、片っ端から読み漁《あさ》った。原典の事件概要や作品の発表年月を手書きの表にまとめ、机の前に貼って眺め暮らすうちに、何とかヒントを得た。

あとは書き出すばかり——かといえば、そんなわけにはいかず、本企画の依頼にはもう一つハードルがあった。依頼は小説ではなく、アニメ・シナリオだ。シナリオを書くのは学生時代友人たちと映画を撮って以来で、その頃のシナリオはプロとしてとてもお見せできる代物ではない。

それからしばらくは、ドラマや映画、アニメ漬けの生活を送り（注3）、シナリオをせっせと読み、構造を研究して、ようやく執筆に取り掛かった。

途中、竹清仁氏はじめ映画関係者からさまざまな提案を頂き、小説とは異なる意外な制約に驚く一方、アニメならではの物語の膨らませ方やリアリティの設定方法の違いに「なるほど」と思うことも多く、苦労しながらも楽しくシナリオを書き上げた。さらに製作に向けて四度に及ぶ大改稿を行い、さあ、これからというところで、映画会社側のホニャララの理由で突然企画が立ち消えになった。

聞くところ、映画業界ではよくある話らしい。

完成したシナリオはその後、株式会社KADOKAWAの好意で「文芸カドカワ」二〇一八年五月号から八月号に掲載されたものの、担当編集者から「シナリオ形式のままでは読者に届けづらい」との助言があり、新たに『ゴーストタウン　冥界のホームズ』として小説版を出すことになりました。

シナリオ版とは違った趣向も取り入れ、面白い小説になったと思います。

前代未聞の冥界ホームズ小説。

見事に解き明かされる（？）〝ホームズ復活の謎〟にもご注目下さい。

柳　広司

二〇二一年七月

（注1）www.mtblanc.jp
（注2）監督作品として『放課後ミッドナイターズ』（ショート・ムービー、長編映画）他。
（注3）宮崎駿《みやざきはやお》氏の天才に敬意を表します。

本書は書き下ろしです。

ゴーストタウン　冥《めい》界《かい》のホームズ

著／柳《やなぎ》広《こう》司《じ》　原案／竹《たけ》清《きよ》仁《ひとし》

令和３年 ７月25日　初版発行
令和６年 10月30日　３版発行

発行者●山下直久

発行●株式会社KADOKAWA
〒102-8177　東京都千代田区富士見2-13-3
電話　0570-002-301（ナビダイヤル）

角川文庫 22737

印刷所●株式会社KADOKAWA
製本所●株式会社KADOKAWA

表紙画●和田三造

●お問い合わせ
https://www.kadokawa.co.jp/（「お問い合わせ」へお進みください）
※内容によっては、お答えできない場合があります。
※サポートは日本国内のみとさせていただきます。
※Japanese text only

ISBN 978-4-04-110985-4　C0193

◆◇◇

角川文庫発刊に際して

角川源義

第二次世界大戦の敗北は、軍事力の敗北であった以上に、私たちの若い文化力の敗退であった。私たちの文化が戦争に対して如何に無力であり、単なるあだ花に過ぎなかったかを、私たちは身を以て体験し痛感した。西洋近代文化の摂取にとって、明治以後八十年の歳月は決して短かすぎたとは言えない。にもかかわらず、近代文化の伝統を確立し、自由な批判と柔軟な良識に富む文化層として自らを形成することに私たちは失敗して来た。そしてこれは、各層への文化の普及滲透を任務とする出版人の責任でもあった。

一九四五年以来、私たちは再び振出しに戻り、第一歩から踏み出すことを余儀なくされた。これは大きな不幸ではあるが、反面、これまでの混沌・未熟・歪曲の中にあった我が国の文化に秩序と確たる基礎を齎らすためには絶好の機会でもある。角川書店は、このような祖国の文化的危機にあたり、微力をも顧みず再建の礎石たるべき抱負と決意とをもって出発したが、ここに創立以来の念願を果すべく角川文庫を発刊する。これまで刊行されたあらゆる全集叢書文庫類の長所と短所とを検討し、古今東西の不朽の典籍を、良心的編集のもとに、廉価に、そして書架にふさわしい美本として、多くのひとびとに提供しようとする。しかし私たちは徒らに百科全書的な知識のジレッタントを作ることを目的とせず、あくまで祖国の文化に秩序と再建への道を示し、この文庫を角川書店の栄ある事業として、今後永久に継続発展せしめ、学芸と教養との殿堂として大成せんことを期したい。多くの読書子の愛情ある忠言と支持とによって、この希望と抱負とを完遂せしめられんことを願う。

一九四九年五月三日

角川文庫海外作品

シャーロック・ホームズの冒険
コナン・ドイル
石田文子＝訳

世界中で愛される名探偵ホームズと、相棒ワトスン医師の名コンビの活躍が、最も読みやすい最新訳で蘇る！　女性翻訳家ならではの細やかな感情表現が光る「ボヘミア王のスキャンダル」を含む短編集全12編。

シャーロック・ホームズの回想
コナン・ドイル
駒月雅子＝訳

ホームズとモリアーティ教授との死闘を描いた問題作「最後の事件」を含む第2短編集。ホームズの若き日の冒険など、第1作を超える衝撃作が目白押し。発表当時に削除された「ボール箱」も収録。

シャーロック・ホームズの帰還
コナン・ドイル
駒月雅子＝訳

宿敵モリアーティと滝壺に消えたホームズが驚くべき方法でワトスンと再会する「空き家の冒険」、華麗な暗号解読を披露する「踊る人形」、恐喝屋との対決を描いた「恐喝王ミルヴァートン」等、全13編を収録。

四つの署名
コナン・ドイル
駒月雅子＝訳

シャーロック・ホームズのもとに現れた、美しい依頼人。彼女の悩みは、数年前から毎年同じ日に大粒の真珠が贈られ始め、なんと今年、その真珠の贈り主に呼び出されたという奇妙なもので……。

緋色の研究
コナン・ドイル
駒月雅子＝訳

ロンドンで起こった殺人事件。それは時と場所を超えた悲劇の幕引きだった。クールでニヒルな若き日のホームズとワトスンの出会い、そしてコンビ誕生の秘話を描く記念碑的作品、決定版新訳！